ギーターンジャリ

ラビンドラナート・タゴール
内山眞理子 訳

未知谷
Publisher Michitani

訳者まえがき

この訳詩集は、詩人ラビンドラナート・タゴールの作品のなかでもっともよく知られた詩集『ギーターンジャリ』の完訳版を目ざしました。

「ギータ」とは歌、「アンジャリ」とは双手に供物をのせて神にささげることをあらわし、「ギーターンジャリ」は「歌の捧げもの」というほどの意味になります。

ところでタゴール詩集『ギーターンジャリ』には二種類が存在します。

・原文ベンガル語本（韻文詩集、全一五七詩篇、一九一〇年初版）
・英語本（副題「歌の捧げもの」、散文詩集、全一〇三詩篇、一九一二年初版、一九一三年ノーベル文学賞受賞作品）

どちらも詩人によってあらわされたものですが共通詩篇は五十三詩篇のみで、詩篇に付された番号も一つとして同じものはないのです。詩人は母語ベンガル語から想像をこえて自由に英訳をしています。また英語でよむ読者の理解をうながすための工夫が随所にありますので、たとえ同じ詩篇であっても異なった趣も感じられます。

この訳詩集は、前半をベンガル語原文詩集から、後半を詩人の英訳した英語散文詩集からという構成にして、共通詩篇には各々詩篇番号を小さく入れました。

ベンガル語原文詩集翻訳のテクストとしてVISVA-BHARATI出版局から一九七三年に出版されたベンガル語による「タゴール全集」RABINDRA-RACANABALI第十一巻（全三十巻）収録の同詩集を使用しました。同出版局から一九七六年に刊行された単行本も参考にしています。

英語原文テクスト『ギーターンジャリ』については、副題「歌の捧げもの」をタイトルに択びました。訳者がもちいた翻訳テクストは、Macmillan & Co.から一九七〇年に出版されたもので、これはユネスコ後援事業「翻訳についてのユネスコ・コレクション」インドシリーズの一冊として世に出た記念版です。標題に「原文ベンガル語から著者自身によって散文訳がなされた」「序文はイェイツによる」と記されています。また奥付をみると、一九一二年にIndia Societyから初版限定出版され、翌一九一三年三月にMacmillan Co.からの第一刷が出たこと、そして戦争による空白期間をはさんで一九五一年以降は途絶えることなく版を重ねていることがわかります。なおMacmillan版には「ウィリアム・ローセンスタインに」との献辞が入っています。

目次

ギーターンジャリ

ギーターンジャリ

ベンガル語本

一

あなたの　み足もとに
頭《こうべ》をふかく垂れます。
おごりをことごとく
こぼれる涙にしずめてください。
わがみを偉ぶれば
たんに　わがみを卑しめる
じぶんを取りかこんで
めぐるばかり。
おごりをことごとく
こぼれる涙にしずめてください。

わが業《わざ》にわたしが
思い上がることのないように
わが生《よ》をつうじてここに

あなたの願いが　みたされますように。
あなたの全き静寂を心のおくに
あなたの無類の輝きをこいます
心の蓮華のうえに立ち
わたしをかくまってください。
おごりをことごとく
こぼれる涙にしずめてください。

ベンガル暦一三一三年
（西暦一九〇六年か一九〇七年）

二

わがみをつくして求めた多くの願いにこたえず
　あなたは厳しくして　わたしをすくった。
　　この慈しみが
　　　わが生命にみちている。
願わなくてもさずかったものは
空、光、体、心、生《いのち》。
日ごとわたしを
その大いなる恵みにかなうべく
求め過ぎる危うさから
　　　わたしをまもる。

あなたの道をめざしながら
　迷ったり　歩みつづけたり
ときにあなたは冷たく
　わたしの前から去りたまう。
これがあなたの慈悲だと知る
受けとめ　しりぞけ
この生命をみたすべく
出あいにかなうように
やすっぽい願いの危うさから
　わたしをまもりたまう。

英語本14

一三一三年

三

英語本63

多くの知らない人びとと会わせ
　多くの居場所をあなたはあたえた――
友よ、あなたは遠くのものを近いものにして
　よそびとをわが仲間にした。
ふるい住みかを去ってゆくとき
どうなるかしらと思いわずらう
わたしは忘れている　新しいなかに
　古いあなたがいるのを。
友よ、あなたは遠くのものを近いものにして
　よそびとをわが仲間にした。

生《いのち》に、死に、あまねく地上に
　いついかなるところにもあなたがいて
いのちのつながりを永久《とわ》に見きわめ
　あなたこそがおしえてくれる。
あなたを知れば　よそびとはいない
へだてもなく、おそれもない
もろびとを集わせ　あなたが目ざめている
そこにいつも　あなたを見つけられる。
友よ、あなたは遠くのものを近いものにして
　よそびとをわが仲間にした。

一三一三年

四

危機にまもりたまえと願うのではなく
　困難をおそれることのないようにと
　わたしは祈ります。
心が苦しみ痛むとき
　むしろ慰めではなく
　　その苦しみに打ちかてますように。
　　手をさしのべるものが来ずとも
　　力がなえてしまうことのないように
　　人の生《よ》にあって痛手をおい
　　あざむかれるばかりであっても
　　心が折れてしまわないように。

わたしをすくいたまえと
　あなたに祈るのではありません。

　耐える力をもちつづけられますように。
わが荷をかるくする
　慰めがなくても
　　わたしが荷をせおってゆけるように。
　　幸《さち》ある日には頭《こうべ》を垂れて
　　み心をうけとめているように
　　地上のすべてにあざむかれる
　　悲しみの夜が来ても　あなたを
　　疑うことのないようにと祈ります。

一三一三年

五

わが胸のうちをあらわしたまえ
　胸のうちのさらに奥を。
けがれなきものに、輝くものに
　うつくしいものにしてください。
目ざめさせ、ふるいたたせ
　怖れなきものにしてください。
幸なるもの、励むもの、疑いなきものに。
　わが胸のうちをあらわしたまえ
　胸のうちのさらに奥を。

すべてのものと結びあわせ
　束縛をときはなって
あらゆる業《わざ》にかよわせよ
　あなたの静かなリズムを。

蓮華のみ足もとにわが心をしずめ
　よろこびを、よろこびを
よろこびをあふれさせたまえ。
　わが胸のうちをあらわしたまえ
　胸のうちのさらに奥を。

シライドホにて
一三一四年オグロハヨン月二十七日
（西暦一九〇八年十二月）

六

愛に、いのちに、歌に香に光に、ときめきに
あなたの　けがれなきアムリタが
　あまねく天地にふりそそぐ。
いま　ここかしこにくびきは壊れ
　　喜びが姿をあらわして目ざめる。
　生命は濃い蜜でみたされはじめた。

わが心は甘美な至福につつまれて
このうえない幸に蓮華のように花ひらく
　蜜をみなあなたのみ足にささげつつ。
わが心のふちに音もなく光がさし
　ひろやかな暁の光がかがやいて
怠惰な目のおおいがきえた。

一三二四年オグロハヨン月

七

あらたな形で生《いのち》においでください。
香に　色に　歌においでください。
　身にわきたつ喜びの感触に
　心に生まれる限りなき喜びに
　魅了され閉じた両の目に。
　あらたな形で生《いのち》においでください。

きよらかに輝く願われしもの
うつくしく　ここちよい深き静けさ
おいでください、営みこもごもに
　苦に幸《さち》に　心の奥底に
　日ごとのすべての業《わざ》に
　あらゆる業《わざ》の果てにおいでください。
　あらたな形で生《いのち》においでください。

一三二四年オグロハヨン月？

八

きょうは　稲田で
　陽ざしと　かげの　かくれんぼ。
青い空にだれがうかべたのか
　白い雲の小舟。
　まるはな蜂は蜜をすうのをわすれ
　　光に酔って飛びまわる
なんのためにか　河の中州に
　　つがいの水鳥たちが群れつどう。

きょうは　家へもどらないよ、　みなさん
　きょうは家へもどらない。
空をつきやぶって
　外界をうばいとるぞ。
みちてくる潮にわき立つ水泡のように

　ほほえみが風にはしる。
きょうは仕事なんかせずに
　一日じゅう笛をふいてくらそう。

一三一三年?

九

よろこびの海から
　きょう　大波が寄せて来た。
櫂をとり　腰をすえて
　さあ漕げ　みなで漕ぎいだせ。
おもいっきり荷をつんで
苦しみの舟をわたそう
寄せ来る波をのりこえて
　いのちをかけていこう。
よろこびの海から
　きょう　大波が寄せて来た。

うしろから呼ぶもの
　行くなというもの
危ないとうったえるもの——
いかにも危険はしょうちのうえだ。
どんな呪いや不運をおそれているの
安穏にじっとしているなんて
力いっぱい　帆綱をはり
　歌をうたいながらいこう。
よろこびの海から
　きょう　大波が寄せて来た。

一三一五年

一〇

英語本83

あなたの　金の盆にささげます
　悲しみにこぼれおちる涙を。
母よ、あつめた涙で編みましょう
あなたにかける真珠の首かざりを。
月と太陽は　花輪となって
　み足をつつんでいます。
あなたのみ胸で　悲しみのかざりが
　ひときわ輝くでしょう。

富も稲もあなたのもの
　み心のままになしたまえ。
あたえようと思召すならそのように
とりあげようと思召すならそのように。
悲しみこそは　わがみのもの
　これぞ真の宝とあなたは知り
み恵みとひきかえたまう
　これが　わたしの自負なのです。

一三一五年？

一一

われら　白い穂草をたばね
　シェファリをあつめて花輪をあんだ。
秋の初穂で
花かごをかざった。
秋の女神よ　おいでください
　純白の雲の　み車にのって
おいでください　きよらかな青の道を
きらきらひかる濃緑《こみどり》のなかを
森や林や山をこえて
おいでください　白い蓮華のかんむりに
　つめたい朝露がおりている。
　マロティの花びらが散りおち
ひとけなき森の　み座となる
　潮みちるガンジスの岸べに
白鳥が翼をひろげてもどってくる
　あなたの　み足のもとに。
あなたの黄金のヴィーナが
琴糸をふるわせ
　甘美な音をひびかせる——
しあわせな調べは　つかのま
　涙にとけてゆくだろう。
うちかさなる雲の端《は》に
　ときおり魔法の石がひらめく
せめて刹那、あわれみもて
　なだめよ　わが心を——
思いわずらいはすべて黄金となり
　闇は光となるだろう。

シャンティニケトンにて　一三二一五年バッドロ月三日

一二

純白の帆が
　風をとらえた。
見たこともない
　きわやかな舟の漕ぎかた。
どの海をわたって持ち来たのか
　はるかな国の宝を。
　　わが心は大海原へとはやる
　求めたもの手に入れたものすべてを
　　この岸べにおいて行こう。

舟のしりえに波音がはじけ
　雲海がとどろく――
ちぎれた雲のあいまをぬってさす
　暁の光が顔をてらす。

舵とるものよ、きみはだれ、いったいだれの
　幸せ悲しみの宝をはこぶのか。
　　心をつくして思う――
いま、どの音色で
　どの聖句をうたうべき。

シャンティニケトンにて
一三一五年バッドロ月三日

一三

わが目を魅了するかたが来られた。
心をひらいて　わたしは何をみたのか。
　シウリの花のもと
こぼれ散る花のうずみに
朝露のおりた草の葉に
　暁にそまる　み足をふんで
目を魅了するかたが来られた。

光と影がゆったりと
　森という森にひろがる
花たちは　み面《おも》をみあげて
　胸のうちでなにをかたるのだろう。
われらあなたをよろこびむかえる
み面のベールをとりたまえ

せめてせつな　雲のおおいを
　両の手ではらいたまえ
目を魅了するかたが来られた。

森の女神の門べ門べに
　ほら貝の音がひびく
天空のヴィーナの音曲《ふし》にあわせて
あなたをむかえる歌が目ざめる。
どこで金のくるぶし飾りがひびくのか
まさしくわが胸のおくで
あらゆる思いに　あらゆる業《わざ》に
　石にて絞る甘露をそそいで――
目を魅了するかたが来られた。

シャンティニケトンにて
一三一五年バッドロ月七日

一四

母よ、あなたのやさしき　み足を
　この　暁の光のなかにみた。
母よ、死をとりさる　あなたの言づてが
　静かな空にそっとみちはじめる。

あなたを敬う　この大地にあって
生命の仕事すべてにおいて
あつく慕う心が　礼拝の香となって
　きょう　身も心も富もささげよう。
母よ、あなたのやさしき　み足を
　この　暁の光のなかにみた。

一三一五年

一五

地上にひろがる　たからかな音に
　よろこびの歌がひびく
いつの日　その歌は
　胸のうちふかく　なりひびくのか。
風、水、空、光
いつの日　わたしは愛でるのか。
それらがみな装いこもごもに
　　胸のうちをみたすのか。

いつの日　わが目をみひらいて
　心ふかく　よろこびを知るのか
わが道をあゆみながら　いつの日
　みなをよろこばせるのか。
あなたがいたまうと　わが人生に

わけなく気づくのはいつの日か。
あなたの名がなすべき仕事のすべてに
　ひびきだすのはいつの日か。

ボルプルにて
一三一六年アシャル月

一六

雲に雲がかさなり
　暗くなってくる
扉のそばでひとり
　あなたを待ちわびている。
　　仕事の日には人びとのなかで
　　さまざまな仕事にいそしむ
　　きょうの日　あなたを
　　　わたしは待っている
わたしはひとり扉のそばで
　あなたを待ちわびている。

あなたに会えず
　あなたに見向かれないなら
こんな雨の日を

どうやって過ごそうか。
　じっと遠くをみつめて
わたしはただ待っている
心の奥で泣きながら
　　荒ぶる風をさまよう。
わたしはひとり扉のそばで
　あなたを待ちわびている。

ボルプルにて
一三一六年アシャル月

一七

光はどこに　どこに光はあるのか。
別れの愛慕の火で　光をともせよ。
　灯明はあるが燃えたつ炎がない。
　これがさだめだったのか——
ならば死をえらぶまで。
別れの愛慕の火で　光をともせよ。

苦の使者がうたいかける「いのちよ、
きみのために神は目ざめたまう。
　漆黒の夜の闇に神は
　きみを愛の逢瀬に呼びたまう
神は苦をあたえて　きみを尊ぶ
きみのために神は目ざめたまう」

英語本27

空いっぱいに雲がたちわたり
雨は絶えまなく降りしきる、
　この黒き闇夜に
　わがいのち　ふいに目ざめて
こんなに嘆くのはなぜなのか。
雨は絶えまなく降りしきる。

つかの間　稲妻がひらめき
瞳にうつる闇はさらに深い
　どこか遠いかなたから
　ひくく歌がひびいて
いのちは道へとむかう
瞳にうつる闇はさらに深い。

光はどこに　どこに光はあるのか。
別れの愛慕の火で　光をともせよ。

雲がとどろき　風がうなる
時が過ぎれば出立はできない
暗くとざされた夜の闇に。
いのちをつくして愛の灯をともせよ。

ボルプルにて
一三二六年アシャル月

一八

英語本22

きょうの日　雨季の濃き暗がりに
　あなたは足音もなくお出でになる
夜のような静けさに
　だれの目にもふれず　ひっそりと。
　　暁は　いまその目を閉じて
　吹く風はむなしく呼びかける
　悪びれなき青い空をおおい
　暗雲をひろげたのは誰なのか。
鳥のさえずりもない林園
　どの家も門を閉ざしている
旅人なき道をひとり行くあなたは
　いったいどんな旅人なのか
　　ひとり行く友よ　愛する人よ
　わが扉はあいています

にべもなく夢のように
わたしの前を通りすぎないで。

ボルプルにて
一三一六年アシャル月

一九

アシャル月の夕闇は濃く
　日は過ぎ去った。
堰をきって注ぐ雨は
　絶えまなく降りしきる。
　　部屋の片すみにぽつねんと
　　わたしはなにをか思う
　　湿った風はなにをか語り
　　ジャスミンの茂みを吹きゆく。
堰をきって注ぐ雨は
　絶えまなく降りしきる。

わが心は　いま波立ちゆさぶられ
　岸べもみえない
雨に森の花が　かぐわしく匂いたち

心ふかく　涙さしぐむ。
暗い夜をきざむときを
この日　どの調べでみたすべき
なぜか調べをまちがい
　わたしは思い惑うばかり。
堰をきって注ぐ雨は
　絶えまなく降りしきる。

シライドホにて
一三一六年アシャル月

二〇

英語本23

嵐の今宵　あなたとの逢瀬をまっている
　わが胸ぬちの友よ。
望みなく空も涙さしぐむ
目にまどろみもなく
わたしは扉をあけて　いくたびも
　瞳をこらす　愛するひとよ。
わが胸ぬちの友よ。

外にはなにも見えず
あなたがたどる道をさらに思う。
　はるかに遠い河べりを
ひそやかな森のそばを
闇ふかき暗がりを
　あなたは歩んでいるのか。
わが胸ぬちの友よ。

「パドマ」船にて
一三一六年スラボン月

二一

わかっています　あなたは世の始まりより
わたしを生命の流れにうかべた
愛するひとよ、あなたはいくども家で道で
　いのちによろこびをあたえた。

あなたは雲のかげにかくれて
いくどもその甘美なほほえみで立ち
暁の光としてそっとちかづき
　額にふれて祝福をあたえた。

この目にきざみこまれている
幾多の時という時に　世界という世界に
新しい光という光に　幾多の
　かたちなきもののあらわれがあると。

時代の移ろいをこえて　ひとしれず
幾多のよろこびかなしみに　幾多の愛と歌に
おしみないアムリタがそそがれて
　いのちにみちあふれる。

ボルプルにて
一三二一六年バッドロ月十日

二二

あなたは　どのように歌をうたうのか
　歌の名手よ、わたしはただ聴きいる。
　　音色が光となって地上をおおい
　　風となって空をふきわたる
　　岩をうがち勢いよくながれ
　　　妙なる音がほとばしる。

その音色でうたいたいけれど
求めても音をとらえられない。
　うたいたいのに言葉がでない
　わが非をみとめて心ふかく嘆く
あなたはどんな罠をしかけたの
　わが四方《よも》に音の網をかけて。

一三一六年バッドロ月十日　夜

二三

そのように　人目をさけて
　かくれたまうな
わが胸ぬちにかくれて　とどまりたまえ。
だれも語らず　ひとしれず。
世界は　あなたの隠れんぼ遊び
わたしは遠近《おちこち》を探しまわる
さあ　約束してください
はぐらかさず　わが胸にとらわれたまえ。
人目をさけて
　かくれたまうな

わたしは知っている　かたくなな心が
　み足にふさわしくないと
友よ、それでもあなたの風にふれるなら
わが心はとけてゆくだろう　きっと。

たとえ成就がなくとも
み恵みがひとしずく落ちるなら
たちまち花がひらき
たちまち実がみのるだろう。
人目をさけて
　かくれたまうな。

　ボルプルにて
一三一六年バッドロ月十一日　夜

二四

英語本79

あなたに会うことが叶わないなら　主よ
　この人生にあって
あなたをえられなかった
　そのことが気がかりでありますように。
心にとめて忘れることがないように
　その痛みを夢のなかにも。

　この世という市場で
わが日々は過ぎゆき
双手をみたすばかりの富をわがものとして
それでもなお　なにもえられなかった
　そのことが気がかりでありますように。
心にとめて忘れることがないように
　その痛みを夢のなかにも。

　もしも歩みつかれて
道のなかばで立ちどまり
土の上でやすもうと敷物をのべても
なお歩むべき道はつづく
　そのことが気がかりでありますように。
心にとめて忘れることがないように
　その痛みを夢のなかにも。

　どんなに多くの笑いがうまれ
部屋にどれほど笛の音がひびこうとも
たとえ　家をどんなに飾りたてようとも
あなたを家に呼べなかった
　そのことが気がかりでありますように。
心にとめて忘れることがないように
　その痛みを夢のなかにも。

一三一六年バッドロ月十二日

二五

英語本84

あなたとの別離をいつもおもう
　世はどこにも別離の苦がある。
あまたの相《すがた》で森に山に
　空に海に　幾多の装いをして。
　　星ぼしは夜っぴて
　　まばたきもせず無言で見つめ
　　雨にうたれる濃緑の葉むらに
　　あなたとの別離の苦がひびく。
きょう　どの家にも幾多の苦があり
幾多の愛に　願いに
幾多のよろこびかなしみに　業《わざ》に
　あなたとの別離の苦があらわれる。

生命ふかく　よるべなき
別離の苦がみちてきて
歌に調べにとけてあふれだす
　わが心の奥で。

一三一六年バッドロ月十二日　夜

二六

時は過ぎゆき　地上に
　夕闇がせまった
さあ　川辺へ行こう
　水がめをみたすため。
かろやかな瀬音で
　夕空はしきりに
さしまねく　道のほうへと
　水のひびきで。
川辺へ行こう
　水がめをみたすため。

もはや　さびしき道に
　人のゆききはなく
愛慕の川面に　　波がたち
　風がさわぎたてる。
もうもどるまいか
　だれとあうだろうか
川面に　その見知らぬ人は舟をうかべて
　ヴィーナをつまびく。
川辺へ行こう
　水がめをみたすため。

英語本74

一三一六年バッドロ月十三日

二七

きょうの日　雨がふりしきる
　小止みなくざあざあと
空がやぶれたみたいに　とほうもなく
　きりもなく流れおちる。
サラ樹の森をゆるがせ
嵐はすさんでうなる
水は地上を
　うねって走りさる。
きょうの日　シヴァの蓬髪のごとく雲を飛ばし
　舞いおどるのはいったいだれか。

雨に　わが心ははやる
　嵐とひとつになって
わが胸にあふれる高波は

　だれの足もとにくだけおちるのか。
心のうちのなんというざわめき
どの扉も鍵はこわれた
心の奥に狂おしさが目をさました
　バッドロ月の　この日に。
きょうの日　この恍惚に酔うのはだれか
　そとに　うちに。

一三一六年バッドロ月十四日

二八

主よ　あなたをもとめて目ざめている
あなたに会えず
　目をこらして道をみつめる
それをもわたしは愛する。

門べの土ほこりにすわり
物乞いの心で　ひたすら
　あなたの慈悲をこう。
恵みはえられず
　ただ　もとめている
それをもわたしは愛する。

きょう　この世のなかに
幾多の楽しみに　幾多の仕事に
みな先へと行ってしまった。
友はなく
　あなたをもとめている
それをもわたしは愛する。

恵みにあふれる四方《よも》
緑なす大地
愛慕がかきたてられて涙ぐむ。
会うことがかなわず
　心がいたむ
それをもわたしは愛する。

一三一六年バッドロ月十四日　夜

二九

富に　人に　かこまれていても
それでもあなたをほしい。
　ごぞんじでしょう　わが心の主よ
わたしよりもわたしを知りたまう——
しあわせにかなしみにわすれていても
　わが心はあなたをほしい。

思い上がりを去らせられず
その荷をかついでさまよう
捨てればすくわれるものを——
　わが心はあなたをほしい。

　わがものすべてをいつか
あなたの　み手でとりあげたまえ。

すべてを捨て　あなたのすべてをえる
　ひそかに心ふかくあなたをほしい。

一三一六年バッドロ月十五日

三〇

英語本59

これがあなたの愛
心うばうかたよ。
たとえば　木の葉にゆれる
金色のひかり。
たとえば　けだるくゆったりと
空をゆく雲
アムリタをわがみにそそぐ
ここちよい風。
これがあなたの愛
心うばうかたよ。

朝のひかりが差しこみ
わが目をあらう
これがあなたの愛のことば
わが心にふかくとどいた。
あなたは　み面をたれて
まなざしをわが面にそそぎ
わが心は
あなたの　み足にふれた。

一三一六年バッドロ月十六日

三一

英語本15

わたしはここにいる　ただ
　あなたの歌をうたうために
あたえよ　ただそれだけのわが場所を
　あなたの集いに。
　　あなたの世界にあって　わたしは
　　なにも役に立てない　主よ——
　　ただ音をかなでるだけの
　　　役立たずの　このいのち。

夜更けに　しずかな神の場所で
　あなたに祈りをささげる
そのとき命じたまえ
　わたしにうたえと。
　　夜明けの空いっぱいにヴィーナが
金の調べをひびかせるとき
おそばにいますように
　その誉れをあたえたまえ。

一三一六年バッドロ月十六日

三二

こわしたまえ　わが怖れを。
わたしのほうへ　み面を向けたまえ。
　そばなのに気づけない
どこを見たらよいのか
あなたはわが心の恋人
わが心を見つめ　ほほえみかけよ。

わたしに言葉をかけよ
　わがみにふれよ
右手をさしのべて
　わたしをささえよ。
　　あやまって知り
　あやまってもとめ——
むだにわらい　むだに泣く

ここに来て過ちを取りさりたまえ。

一三一六年バッドロ月十六日

三三

ふたたびかれら　わが心を取りかこむ。
ふたたび目をベールがおおう。
　またもいろんな考えで
わが心は千々にさまよい
苦悩は　いや増して
　神のみ足を見うしなう。

あなたの沈黙の言づてが胸のうちで
世のどよめきに消されてしまわぬように。
　みなのなかにいても離れたまうな
あなたのうちに隠してまもりたまえ
わが気づきのなかにつねに
　光みちる天地をとどめおきたまえ。

一三一六年バッドロ月十六日

三四

わたしに会いに　あなたは
　いつお出でになるのか。
あなたの月と太陽は　あなたを
　どこに隠しておくつもりなのか。
　朝に夕に　いくどとなく
あなたの足音がひびき
心に使者がきて
　わたしをそっと呼んだ。

旅人よ　きょう
　わがみのありったけで
よろこびがいくども
　ふるいたつ。
　さあ　その時が来たようだ

英語本46

わたしの仕事はおわった――
あなたの香りをのせて　主よ
　風がふきはじめる。

一三一六年バッドロ月十六日

三五

来たれ　慈雨みちる黒雲よ、来たれ
　雨季のはじまりに――
あなたの濃緑《こみどり》の恵みに
　来たれ　この生命に。
　　高峰の頂に口づけして
　　楽園の大地を暗い影でかこみ――
　　虚空をおおいつくして　来たれ
　　雷鳴を低くとどろかせつつ。
カダムバの樹林は　生みのくるしみに
　酔うように花を咲かせる。
河の岸辺という岸辺に
　瀬音がたかまる。
　　来たれ　心みちるものよ

　　来たれ　渇きをいやすものよ
　　来たれ　目にすずやかなものよ
　　より近くわが心のうちに来たれ。

一三一六年バッドロ月十七日

三六

英語本70

きみはこのリズムに合わせられるかい
　はなれ　ながれ
こわれる　よろこびに。
耳をすまして聞いてごらんよ
大空のそこここで
死のヴィーナにどんな調べが鳴るか
　太陽　月　星に
火をつけ　追いかけ
　かがやくよろこびに。

くるおしい歌のリズムに
どこへむかうのか　だれも知らず
うしろを振りかえらず
　縛りつけるものもなく
転がり　疾走し
　ただ　すすむよろこびに。

そのよろこびに歩を合わせて
六つの季節がうっとりと踊り
地上に水があふれてながれ
　歓迎の歌にみちる香に
捨てさり　手ばなし
　死もまた　よろこびのなかに。

ボルプルにて
一三二六年バッドロ月十八日

三七

夜の夢がさめた
　夢はさめた。
解かれた　縛り目は解かれた。
　　わがみにもはや障りはなく
　わたしは世に飛びだした
心に咲く蓮華はみな
　　花びらをひらいた
いま　ひらいた。

わが扉はついにこわれて
あなたが立っていた
涙があふれ　わが心は
　み足もとにとどいた。

朝の光が空から
わたしに手をさしのべ
こわれたわが牢獄のとびらに
　勝どきがあがった
いま　あがった。

一三一六年バッドロ月十八日

三八

秋の日に　とある客人が
　心の門べに立った。
よろこびの歌をうたえ　心よ
　よろこびの歌をうたえよ。
青い空の　沈黙の言葉
露にぬれた　くるおしさ
鳴りわたれ　いまあなたの
　ヴィーナの調べに合わせて。

稲田の黄金《こがね》の歌に合わせ
おなじ調べをかなでよ
音を浮かべよ　あふれる河の
　きよらかな水のながれに。
　おとずれた客人の面に

ふかき幸《さち》を見よ
門をひらいて客人とともに
　外に立ち出でよ。

シャンティニケトンにて
一三一六年バッドロ月十八日

三九

英語本13

わたしはここに　歌をうたいにやって来た
けれどまだ歌をうたえずにいる――
きょうもまた　音をととのえる
わたしはただ　うたいたい。
わが音は調べにならず
言葉をつむげない
わがみの奥深くあるのは　ただ
歌へのせつない思い。
きょうも　花はひらかず
ただ一陣の風がふいた。

そのかたの顔《かんばせ》がみえない
み言葉が聞こえない
ただ　いくたびも聞こえる　そのかたの
足音のひびき。
わが扉のまえをそのかたは
ゆききする。
ただ　そのかたがすわる敷物をのべて
ひと日がおわった――
家に灯はなく　そのかたを
どうやって呼びとめよう。
そのかたを得たいがゆえにわたしはいる
だがいまも　得られない。

コルカタにて
一三一六年バッドロ月二十七日

四〇

失われゆくものを　わたしは
　なおもとどめようとする。
暗い夜に目ざめはない　主よ
　くよくよと思いわずらって。
　　昼も夜も
　　家の戸をとざし
　　来たい者をうたがって
　　　いくども拒む。

それで　ひとりいるわたしに
　おとずれる者もなく
あなたの　よろこびにみちた世界は
　外で　たわむれている。
　　きっと道がわからずにあなたは
いくども近づいては去りたまう
とどめておきたい者さえも
　塵ほこりとともに去る。

コルカタにて
一三一六年アッシン月一日

四一

この　よごれた衣をぬぎすてなくてはならない
　さあ　いまこそ――
わたしの　このよごれた思い上がりを。
ひと日の仕事で　ほこりにまみれ
ひどくよごれて
　くたびれてしまっている
　　重荷にたえられずに。
わたしの　このよごれた思い上がり。

　いま仕事はおわった
ひと日のおわりに
あのかたのおいでになるときだ
　心のおくに望みがわいた。
さあ　すぐに沐浴して来たまえ

愛の衣をまとうのだ
夕ぐれの森で花をつみ
　首かざりを編まなくては。
おくれないで　いますぐに。

一三一六年アッシン月十九日

四二

よろこびに　めくるめき
　わがみがふるえる
わが心にだれが結んだのか
　赤い護符《ラキー》の糸を。
きょう　この空のもと
水に　陸に　花に　果実に
どう惑わせてあなたは
　　わが心をまきちらしたのか。

きょう　あなたとかわした
　ふしぎな戯れ。
さがしもとめてなにを得たのか
かんがえてもわからない。
よろこびが　どんな魔術をかけたのか
涙をあふれさせ
愛の別れさえ　甘美なものになって
　わたしを魅了した。

シライドホにて
一三一六年アッシン月二十五日

四三

あなたの右手を　主よ
　かくしたまうな。
あなたの手にむすびに来たのです
　愛の細紐《ラキー》を。
　　あなたの手にむすべば　すなわち
　　すべてのひとの手にむすぶ。
　　ひとりのこらず
　　　みなの手に。

きょう　ひととわたしに
　へだてなく
あなたのもとに
　内も外もひとつになる。
　　あなたと離ればなれになるならば

わたしは涙にくれてさまよう
つかのま　遠ざけられるなら
　あなたを呼ぶ。

シライドホにて
一三一六年アッシン月二十七日

四四

世のよろこびの祭りに　わたしは呼ばれた。
ひととして生きることを祝福されて。
　わが目にうつる　うつくしい都を
　心ゆくまで歩きまわり
　耳にひびく奥深い調べに
　　ひたった。

英語本16

あなたの祭りで　あなたは
　わたしに笛をふくよう命じた。
いのちのよろこび　かなしみを
　わたしは歌にして歩きまわる。
　　いま　そのときが来たのですね。
　集いに行き　あなたに会って
　　よろこびの歌をささげよう

それをわたしは乞いねがう。

シライドホにて
一三一六年アッシン月三十日

四五

光をさらにかがやかせて
　光のひかりがやって来た。
わが目より暗闇が
　きえた　きえた。
　　空のすべて　大地のすべてが
　よろこびの笑みにあふれる
見わたすかぎり
　よい　なにもかもよい。

あなたの光が木の葉におち
　いのちをおどらせる。
あなたの光が鳥の巣におち
　歌を目ざめさせる。
　　あなたの光が慈しみふかく
わがみにとどき
わが心をきよき手が
　やさしく愛撫した。

ボルプルにて
一三二一六年オグロハヨン月二十日

四六

み座のもとで　土に伏します。
あなたの　み足の土にまみれよう。
　誇りをあたえて遠ざけたまうな
わがいのちのあるかぎり疎んじたまうな
　み足もとに　ただ引き寄せたまえ。
み足もとの土にまみれよう。

あなたの　旅の一座について行こう
みなの後ろに　わが場所をあたえよ。
　恵みをもとめて　ひとびとが駆けよる
わたしはなにもほしがらず見つめていよう
　みなの最後に残りものがあれば受けよう。
み足もとの土にまみれよう。

シャンティニケトンにて
一三一六年ポウシュ月十日

四七

美の海にしずむ
　かたちなき宝石をもとめて
岸辺から岸辺へとまわるのはやめよう
　ふるびたわが舟をうかべて。
波にもてあそばれるのを
終えるときがついに来た
甘露の水底にしずみ
死をもて不死をえよう。

耳にきこえない歌が
　たえずそこにひびく
いのちのヴィーナをたずさえて行こう
　その深海の集いに。
永久《とわ》の音色に合わせ

英語本100

その最後の歌に涙さしぐみ
声なきそのかたの　み足のもとで
音なきヴィーナの調べをかなでよう。

シャンティニケトンにて
一三一六年ポウシュ月十二日

四八

大空のもとに花ひらいた
　光の蓮華。
花びらは　かさなりあい
十方にちらばった
闇にしずむ漆黒の水を
　おおいかくした。
まんなかに黄金の蔵《くら》があり
わたしは楽しくそこに住む
わたしをそっとつつんでひろがる
　光の蓮華。

　大空に波がたつよ
　　風がふきわたるよ。
四方《よも》に歌がひびき

心がはずんで踊りだす
空みちるけはいを
　からだじゅうに感じる。
このいのちの海にとびこみ
心いっぱいにうけとった
わたしのまわりを
　たえず風がふきわたる。

大地はゆったりと裳裾をひろげ
　ゆたかな場所をあたえた。
そこにとどまるものは
みなを呼びよせる
あらゆる手にあらゆる器に
　食べものをわけあたえて。
心は歌に香にみちあふれ
わたしは最上のよろこびにいる。

わたしのまわりに
　大地は裳裾をひろげた。
光よ　きみに頭《こうべ》をたれる
　わが罪をはらいのけよ。
わが額におきたまえ
　父の祝福を。
風よ　きみに頭をたれる
　わが疲れをおわらせよ
あますところなく身を撫でよ
　父の祝福もて。
大地よ　きみに頭をたれる
　わが望みをかなえよ。
家いっぱいにみのらせよ
　父の祝福を。

一三一六年ポウシュ月

四九

われらのこの家に
　そのかたがすわる。
さてみなさん　そのかたの　み座を
ととのえてくれたまえ　心のままに。
よろこびのままに歌をうたい
　塵ほこりを掃きよせて。
気をくばり
　いらないものをどかして。
花に水をふりかけ
　花かごを花でいっぱいにして――
み座をととのえてくれたまえ
さあみなさん　心のままに。
昼も夜もそのかたは

　われらのこの家にいる
朝　そのかたがほほえむと
　光がこぼれおちる。
朝まだきに目ざめ
　目をこらしてみつめると
そのかたもまた
　みつめているのをわれら知る。
そのかたの顔《かんばせ》のかがやきに
　家はみちあふれている。
朝　そのかたがほほえむと
　光がこぼれおちる。

そのかたはひとりすわる
　われらのこの家に
われら仕事のために
　いずこかへ出で立つとき

そのかたは門べに立って
　われらをみちびく――
われら　はずむ心で道をゆく
　よろこびに歌をうたいながら。
日が暮れて
　仕事からもどると
われらのこの家に
　ひとりすわるそのかたを知る。

　そのかたは目ざめていたまう
　われらのこの家で
われら寝床で
　やすむときに。
世のだれも見ることのない　そのかたの
　かくされた灯明
夜もすがら　そのかたは
　明かりをまもりたまう。
眠りのなかでたくさんの夢が
　ゆききする
暗闇でそのかたはほほえみたまう
　われらのこの家で。

一三一六年ポウシュ月

五〇

ひそかにいのちの神が
　ひとり目ざめているところ
信ずるものよ　扉をあけよ
　きょう　み姿を見よう。
ひねもす　わたしはだれをもとめて
外をあるきまわっていたのか
夕暮れの灯明の
　ささげかたも知らないで。

あなたの生命の光で
　生命の灯明をともして
祈るものよ　さあ　ひそかに
　わが盆をささげるのだ。
全宇宙の祈りのあるところ
　祈りの光があるところ
そこでわたしも引きうけよう
　ひとすじの光のかがやきを。

シャンティニケトン
一三一六年ポウシュ月十七日

五一

どの光でいのちの灯火をともして
　あなたは地上に来たのか。
求道のものよ　愛するものよ
酔いしれるものよ　この地上に。

　この岸辺なき世に
苦のひとうちであなたの生《いのち》にヴィーナが鳴る。
　暗い危うさのなかで　あなたは
　どの母の顔に笑みをみてほほえむのか。

だれも知らない　あなたはだれをもとめて
　あらゆる幸《さち》に灯をともしてまわるのか。
あなたを愛するものたちのいったいだれが
あなたをかくも悲しませるのか。

あなたにはなにも思いわずらいなく――
だれがあなたの伴侶《とも》かと　いぶかしむ。
あなたは死をわすれ　どの果てなき
生《いのち》の海でよろこびにたゆたうのか。

一三一六年ポウシュ月十七日

五二

あなたはわがみ　わがそばにいたまう
このことをいわせたまえ　いわせたまえ。
あなたのなかにわが生《よ》のよろこびがある
このことをいわせたまえ　いわせたまえ。

わたしに　甘露の調べをさずけよ
わがことばを　甘美なものにせよ
あなたは　わが最愛のひと
このことをいわせたまえ　いわせたまえ。

この　あまねく空と大地
すべてが　あなたでみちている
わが胸のうちより
このことをいわせたまえ　いわせたまえ。

幸うすきものと知り　そばに近づきたまえ
弱きものとして愛したまえ
ちいさきもののつぶやく　このことを
いわせたまえ　いわせたまえ。

一三一六年マグ月

五三

垂れさせよ　わが頭《こうべ》を垂れさせよ
あなたの　み足もとに
心をとかし　生命を浮かべよ
目のなみだに。
わたしはひとり
思い上がりの峰にいる
岩の座を力いっぱいこわし
こなごなに砕きたまえ。
垂れさせよ　わが頭を垂れさせよ
あなたの　み足もとに。

いったいなにを誇るのか
かいなき生命に。
あなたがいないなら　むなしい
家がどんなにみちあふれても。
わが日々になす業《わざ》は
その空しさにしずみゆく
夕べの祈りのときが
むだに過ぎてしまわぬように。
垂れさせよ　わが頭を垂れさせよ
あなたの　み足もとに。

一三一六年マグ月

五四

きょう　香にみちる風のなかにわたしは
だれを　さがして森から森へとめぐるのか。
　きょう　きつく照りかえす蒼穹に
　すすり泣く声がするのはなぜか。
地平線のかなたからあわれみ深い歌がひびく
　わが思いに　業《わざ》に――
わたしは　胸のうちでだれをもとめるのか
　香にみちる風のなかに。

わからない　どんな至福の愛のわざか
幸をもとめて　青春が目ざめる。
　マンゴーの花が甘やかに香り立ち
若葉のさやぎと音を合わせる
アムリタをそそぐ月の光あふれる空に
至上のよろこびに
そのやさしさにわたしはふるえる
　香にみちる風のなかに。

ボルプルにて
一三一六年ファルグン月

五五

きょうの日　戸口に春が目ざめた。
あなたの　おずおずとためらう生命のなかで
　春をあざむかないで。
　さあひらけ　心の花びらを
　わすれよ　おちこちのへだてを
　歌がひびく蒼穹に
　あなたの香をなみうたせよ。
　この外の世界にかたっぱしから
　甘美をまきちらせよ。

苦しみの森に　きょう
若葉と若葉のすれあう音がする——
無辺の空に　だれを待つのか
きょう　大地はせわしなく着かざる。

わが　生《いのち》にふく南風は
だれをもとめて扉をたたいてまわるのか
この　かぐわしい夜はいったいだれの
足音に耳をすまして目ざめているのか。
うつくしいひとよ　最愛のひとよ
あなたの奥深い声はだれを呼ぶのか。

ボルプルにて
一三一六年チョイトロ月二十六日

五六

英語本49

あなたの　み座より
　あなたはおりてきた
わが　さびしき門べに
　主よ　あなたは立ちどまった。
　　わたしは　ひとり
　　わがために歌をうたっていた
あなたの耳にその調べがとどき
　　あなたはおりてきた
わが　さびしき門べに
　　主よ　あなたは立ちどまった。
あなたの集いで　どんなに多くの名手たちが
　どんなに多くの歌をうたうことか
だが　きょう　才なきものの歌が
あなたの愛の心にとどいた。
　世界のあらゆる音のなかの
　ひとつの悲しい調べに
歓迎の花輪をもって
　あなたはおりてきた
わが　さびしき門べに
　主よ　あなたは立ちどまった。

一三一六年チョイトロ月二十七日

五七

いまこそ召したまえ　主よ　召したまえ。
　いまこそ去ることなく――
　　心をとらえていてください。
あなたのいない過ぎ去りし時を
もう振りむいたりしない
　その日々を捨て去ろう。
いま　生命をあなたの光のなかにひらき
　いつも目ざめていよう。

　　だれかのことばにこだわって
　　道を　荒れ野を
　あてどなくさまよった
　いまこそわが胸のそばで語りたまえ
　　あなたの言葉を。

あやまちもいつわりもどれほど多く
いまもわが心のすみに
　とどまっていることか
わたしを　そのために遠ざけたまうな
　それらを火に燃やしたまえ。

一三一六年チョイトロ月二十八日

五八

英語本39

いのちがかれるとき
　慈しみの雨のなかに来たれ。
美がみなかくれて見えないとき
　歌の甘露のなかに来たれ。
なすべき業《わざ》が四方に
さわがしく立ちふさがるなら
声なき主よ　音なき足どりで
　心のふちに来たれ。

わがみをあわれんで
みじめな心でとじこもっているなら
偉大なる主よ　威風堂々と来て
　扉をあけよ。
欲望がやたら塵ほこりを舞い立たせ
暗く愚かに迷わせるなら
聖なるものよ　眠らないものよ
　嵐の閃光のなかに来たれ。

一三一六年チョイトロ月二十八日

五九

いまこそ　黙らせよ
　あなたの多弁な詩人を
そのものの　心の笛をうばいとって
　神秘の音色をならしたまえ。
　　真夜中のふかき調べに合わせて
　　笛の音をひびかせたまえ
　　その調べで
　　　月も惑星も魅了せよ。

わが生と死に
　ちらばるものがみな
歌のなかにあつまるように
　あなたのみ足もとで。
　　日々に積みあげた言葉は

一瞬のうちに消えさるだろう
ひとりすわって笛の音をきこう
　無辺の闇のなかで。

一三一六年チョイトロ月三十日

六〇

世界が眠りをむさぼり
　空くらきとき
わがヴィーナの糸を
　つよくはじくものあり。
眠気ははらわれ
　わたしは起きあがり
目をこらしたが
　そのひとは見えなかった。

音のひびきは高まり
　心をいっぱいにした
くるおしいひびきにこめられた
　深い言づては何なのか。
涙ぐませる
　胸の痛みは何なのか。
だれに捧げるべきかわからない
　わが首かざりを。

一三一七年ボイシャク月四日

六一

英語本26

かのひとは　そばにすわっていた
　　だがわたしは目ざめなかった。
ぐっすり眠っていたのか
　運なきものよ。
夜のしじまに　かのひとは来た
ヴィーナを手に
夢のなかで
　深き調べを奏でた。

目がさめると狂おしく
南風がふいていた
かのひとの香がただよい
　暗闇にみちていた。
わが夜は行ってしまった――

そばに得て　なお手に入らない
かのひとの花輪はなぜ
　わが胸にふれなかったのか。

ボルプルにて
一三二七年ボイシャク月十二日

六二

英語本45

きみたち聞かなかったの　かれの足音を
　ほら来るよ、来るよ、来るよ。
いく代《よ》も刻々と　昼も夜も
　かれは来るよ、来るよ。
　　わたしは歌をうたってきた
　いくたびも心のままに狂おしく
　すべての音にかれをむかえる
　　歓迎の調べをこめて――
　かれは来るよ、来るよ、来るよ。

いくたびも巡りくる春の森道に
　かれは来るよ、来るよ。
いくたびも巡りくる雨季の黒雲にのって
　かれは来るよ、来るよ。

悲しみののちの悲しみのきわみに
かれの足音が胸にひびく
ものみな金にする石でふれたまう
　幸の日はいつなのか。
かれは来るよ、来るよ、来るよ。

コルカタにて
一三一七年ジョイスト月三日

六三

みとめた　わたしは負けをみとめた。
あなたを拒み
　それだけいっそう傷ついた。
　　わが心の空に
あなたを隠すものがあれば
いかにも耐えられないと
いくたびも思い知った。

過ぎ去った日々は影のように
　後ろからついて来る
幻の笛の音で
　いたずらに呼びかける。
　　その結びつきを断ちきり
あなたのみ手にゆだねた。

この生涯のありったけを
あなたの門ぐちに持って来た。

ティンドリヤにて
三一七年ジョイシュト月七日

六四

ひとすじ　ひとすじ
　きみのふるい弦《いと》をはずせ
シタールにあたらしい弦を張れ。
　　昼の市は果て
　　宵の集いがはじまる
　　最後の調べの奏者が
　　　来るときになった――
シタールにあたらしい弦を張れ。

きみの扉を開けはなて
　暗い空のほうへ
七つの世界の沈黙が
　きみの家にやって来るように。
　　久しくきみがうたった歌は

きょうの日に終わりにしよう
この楽器はきみのもの
　そのことを忘れよ。
シタールにあたらしい弦を張れ。

ティンドリヤにて
一三二七年ジョイシュト月八日

六五

いつかあなたの歌をうたいながら外へ出た——
　それは　きょうではなく。
いつからあなたを求めてきたのかを忘れた
　それは　きょうではなく。
滝がほとばしるように
そのわけも知らずに
わたしは走り出た
　この生《いのち》のながれに——
それは　きょうではなく　きょうではなく。

いくつもの名で呼び
いくつもの絵をえがいた
いかなる喜びにみちびかれたのか
　目ざすところも知らずに——

それは　きょうではなく、きょうではなく。

花が光をもとめて
ただ夜どおし目ざめて待つ
そのようにあなたへの願いが
　心をおおいつくしている——
それは　きょうではなく、きょうではなく。

ティンドリヤにて
一三二七年ジョイシュト月九日

六六

あなたの愛をになう力は
　わたしにはない。
だからこの世で
　あなたとわたしのあいだに
慈悲としておきたまう
　多くの隔て――
苦と楽にある　多くの壁
　財と人と名誉。
　　ひそかな場所から時にかすかに
　　　み姿を見せたまえ――
黒雲のすきまから
　ほのかに光がさすように。
無限の愛の荷をになう力を
　そのものに与えるなら
　　立ちふさがる帳《とばり》を
　　　すべて払いのけたまえ。

そのものの家には
　帳をのこさず、財をのこさず
人の行きかう道にすべて引き出して
　何ももたないものにせよ。
そのものに名誉も不名誉もなく
　恥辱、羞恥、怖れもない
ひとりあなたは　そのものの
　遍き世界でありたまう。

　　こうしてあなたに
　　　向き合っている
ただあなたのもとで
　　いのちをみたす

この恵みを得たものに
　さらに欲は限りがない──
だが　そのものはすべての欲を退ける
　あなたのみ座をもうけるために。

78

ティンドリヤにて
一三一七年ジョイシュト月十日

六七

美しきものよ、あなたは明け方に来た
あかね色の天の花を手にもって。
町は眠り　道行くひともなく
あなたはひとり黄金のみ車にのって去った
いちどわが窓辺で
やさしい目をして見つめていた
美しきものよ、あなたは明け方に来た。

わが夢はなにかの香にみち
えもいわれぬ喜びに闇がふるえていた
ほこりをかぶった音なきヴィーナが
なにかのはずみに鳴りはじめた。

いくども思った　起き上がろうと
眠気をふりはらって道に出ようと
起きたとき　あなたは去っていた——
もう会えないのか。
美しきものよ、あなたは明け方に来た。

ティンドリヤにて
一三一七年ジョイシュト月十七日

六八

ともに遊んでいたとき
　あなたが誰だか知らなかった。
こころに恥ずかしさも畏れもなく
日々はいそがしく過ぎて行った。
明け方あなたはいくども呼んだ
　　仲のいい友だちみたいに
笑いあい　森じゅうを
　あなたと走りまわった。

あなたがうたった歌すべての
　意味を知るべくもなかった。
ただ　いのちがともにうたい
　こころがはずんだ。
ふいに遊びは果て　いま見るのは

英語本97

黙した空　ひそまりかえる月と太陽
わたしはあなたのみ足に目を伏せ
　世界は孤独にたたずんでいる。

一三一七年ジョイシュト月十七日

六九

舟は解かれた。
きみの荷物をだれが運ぶの。
　前へすすむなら
背後はうしろにおいて行くんだ
背負ったままなら
きみはひとり岸に置いてきぼりさ。

家の荷物を引っぱって
船着き場までもって来て
それできみが何度も
　引き返したのを忘れたの。

呼べ　さあ船頭を呼びもどせ
きみの荷物は水にながし
いのちを　からにして
　かれの足もとにゆだねよ。

ティンドリヤにて
一三一七年ジョイシュト月十八日

七〇

わたしは心をなくした
　雲のなかに
どこへ駆け去ったのか
　だれも知らない。

　雷がそのヴィーナを
いくたびもはじく
胸のうちに雷鳴がとどろく
なんという猛だけしいひびき。

雲は幾重にも垂れこめ
かぐろく青い闇のなかに
わが四肢を囲いこんで
　わが心のうちに散らばった。
　　狂った風は踊りに酔いしれ
わたしの無二の友となった
とめても聞かず　高笑いして
いったいどこへ駆け去るのやら。

ティンドリヤにて
一三一七年ジョイシュト月十八日

七一

沈黙のひとよ、あなたが話さないなら
　何もいわなくてもよいのです。
胸いっぱいにあなたの沈黙を
　みたして耐えましょう。
わたしは黙って待ちます
夜が綺羅星に灯をともし
またたきもせず謙虚に
　　がまんづよく待つように。

かならずきっと朝が来る
　暗闇は消え去るでしょう。
あなたの言づては金のながれとなって
　空をさいて降りそそぐでしょう。
そのときあなたの言づてで

英語本19

わが鳥の巣にどんな歌がうまれるのか。
あなたの調べに　わが野辺のつる草は
　花を咲かせるでしょうか。

ティンドリヤにて
一三一七年ジョイシュト月十八日

七二

明かりをともそうとするたびに
　光は消えてしまう。
あなたのみ座は
　わが生《よ》の深き闇のなかにある。
　　つる草の根はひからびて
　蕾をつけても花は咲かない
　わが生の　あなたへの礼拝は
　　苦しみという供物のみ。

供養の誉れ　尊き浄財
　わずかにもない　何もない
あなたのその祈りびとがここに来た
　貧しくみすぼらしいなりで。
　　その祝祭に訪れるひとはなく
笛は鳴らず家に飾りなく――
そのひとは泣いてあなたを呼んだ
　こわれた寺院の門ぐちに。

ティンドリヤにて
一三一七年ジョイシュト月二十一日

七三

人目につかないように
　あなたを隠しておく
そのような祈り堂は
　わが家にはない。
　　わたしのために昼も夜も
　みなと分けへだてなく
　み身をゆだねたまうなら
　　あなたを放したくない。

敬いをつくすほどの
　誇りはわたしにはなく
供養をとりおこなう
　支度もない　主よ。
　　あなたを愛する　それだけで

ひとりでに笛が鳴りだし
ひとりでに花が咲くだろう
　森いっぱいに。

一三一七年ジョイシュト月二十一日

七四

雷《いかずち》にあなたの笛の音がひびく
　なんと易《やさ》しく簡素な歌よ。
聴きとる耳をわたしにさずけよ
　その音に目ざめることができるよう。
　　その易しさにもう惑わされない
　　死のなかに隠れている
　　限りなきいのち
　　そのいのちが心をとりこにする。

七つの海と十方をあなたは
　つよくつまびき躍らせる
その嵐を喜びとして
　こころの琴糸にうけとめよう。
　　やすき心地よさから遠ざけ
　　その深きところでうけとめたまえ
　　やすみなき活動の奥の
　　大いなる静謐のありかで。

ティンドリヤにて
一三一七年ジョイシュト月二十一日

七五

情けもて　わが生《よ》を
　洗うべき――
さもなくば
　あなたのみ足にふれられない。
あなたにささげる籠は
黒くよごれて
わがいのちは
　あなたの足もとにふさわしくない。

ながく
　心の痛みをおぼえなかった
わが四肢は
　よごれていたのに。
きょう　きよらかなあなたの胸に
こころは落ちつかず涙があふれる――
放りおきたまうな
　世俗の塵に。

コルカタにて
一三一七年ジョイシュト月二十四日

七六

集いが果てるとき　最後の歌を
　うたいつづけられるだろうか。
あるいは声なく
　み面に見入っているだけかしら。
音はまだととのわないが
ひきたつ調べでひびくだろうか。
愛の痛みが黄金の音となって
　夕空にひろがってゆくかしら。

　ずっと歌をつくって来た
　　昼も夜も心のままに精進して
願わくはこの精進を
　この生《よ》にやりとげられるよう——
この生《いのち》のすべての言葉は

　心の森に咲く蓮華
最後の海にうかべよう
　世界の歌のながれにのせて。

コルカタにて
一三一七年ジョイシュト月二十四日

七七

生《いのち》にわたる苦しみよ
生にわたる精進よ。
　あなたの火よ　燃え上がれ
わたしを弱きものとあわれむな
どれほど熱くとも辛抱しよう
貪りは焼かれて灰となれ。

きっぱりと命じて呼びかけよ
　時をむだにしないで。
胸を縛るものを
　断ちきって遠ざけよう。
あなたの法螺貝をいまこそ
高だかと鳴りひびかせよう
驕りをくだき　眠りを去らせて
さとき意識を目ざめさせよう。

コルカタにて
一三一七年ジョイシュト月二十六日

七八

あなたがわたしに歌をうたえと命じるとき
　わが胸はほこらしく高鳴る
わが目に涙があふれ
　み面をまたたきもせず見つめる。
いのちの苦しみと痛みは
アムリタにみちた歌との合一をねがい
わが精進と祈りは
　鳥のように飛び立ちたいとねがう。

あなたはわが歌の調べに満ち足りて
愛したまう　あなたは愛したまう
わたしは知っている　歌があるから
　あなたのみ前に出て行けると。

英語本2

こころだけではふれられない
歌あればこそ　み足にふれられる
調べに酔いしれてわれを忘れ
　主をわが友と呼ぶ。

一三一七年ジョイシュト月二十七日

七九

わが愛のすべてが駆けて行くように
主よ、あなたのもとへ　あなたのもとへ。
わが望みのすべてが駆けて行くように
主よ、あなたの耳へ　あなたの耳へ。

わが心がいつどこにあろうとも
あなたの呼びかけに答えられるように
どんな妨げもすべて壊されるように
主よ、あなたの力で　あなたの力で。

外がわの　この行乞の鉢が
いまことごとく　からになり
わが心の奥がひそかにみちてゆくように
主よ、あなたの恵みで　あなたの恵みで。

わが友よ、心の奥のさらに奥のひとよ
この生《よ》の美しきもののすべてが
いま調べとなってひびきだすように
主よ、あなたの歌に　あなたの歌に。

コルカタにて
一三一七年ジョイシュト月二十八日

八〇

かれらは　日なかに
　わが家に来て言った
しばらく隅に
　いさせてもらえませんか。
こうも言った　礼拝のときは
あなたを手伝いましょう——
あとでお供えののこりをすこし
　分けてくださればよい。

こうして貧しく
　くたびれたなりで
おずおずと家の隅に
　おちついた。
夜になるとあらあらしく
わが祈り堂に入りこみ
よごれた手で
　供物をぬすみとる。

　ボルプルにて
一三一七年ジョイシュト月二十八日

英語本33

八一

かれらは　あなたの名を騙り
　大道で料金をとりたてた。
　船着き場まで来てみると
　　船賃ものこっていなかった。
かれらはあなたの仕事のふりをして
財も命もこわしてしまう
わずかなわがものを
　盗みとる。

　きょうわたしは知った
　　詐欺師の集団だと。
かれらもまたわたしを知った
　力のないものだと。
かれらは正体を隠さず

恥も外聞もかなぐりすてて
きょう堂々と道をはばんで
　立ちふさがった。

ボルプルにて
一三一七年ジョイシュト月二十九日

八二

　この月夜に　わがいのちが目ざめる
　あなたのそばにわが場所はあるかしら。
比類なきその　み面を
わが心は焦がれて見つめ
わが涙の歌はあなたのみ足を
　いくたびもめぐるだろうか。

　あなたのみ足もとで
　いま起き上がる勇気なく
　土に顔を伏せている
　捧げものを拒まれるのをおそれて。

そばに来てわが手をとり
立ち上がりなさいと命じたまえ

わが心の貧しさは
　たちまち消えさることだろう。

ボルプルにて
一三一七年ジョイシュト月二十九日

八三

約束していた　きみとふたり小さな舟で
　あてどなくどこまでも漂って行こうと
天地のだれひとり　ふたりがどこへ向かうのか
　その国はどこなのか　知らないだろう。
　　岸辺遠く大海原のまんなかで
　　きみの耳に歌をきかせよう
　　言葉は波のように放たれて
　きみは静かに耳をかたむけるだろう。

そのときはまだか　なすべき業《わざ》があるのか。
　見てごらん　海辺に夕闇がせまっている。
消えゆく光に海鳥が翼をひろげて
　みな巣にもどって来た。
　　きみはいつ船着き場に来るの

英語本42

　舫い綱を解くために。
　落日の最後の光のように
舟はあてどなく夜の闇をすすむだろう。

ボルプルにて
一三一七年ジョイシュト月三十日

八四

わたしの　ひとり住む家の壁をこわして
　ひろい世界に
いのちの馬車で
　出て行くのはいつの日か。
もろびとのなか　揺るぎない愛をもって
いっさいの業《わざ》に走りまわろう
市場への道で
　あなたに会えることだろう。
いのちの馬車で
　出て行くのはいつの日か。
あらゆる望みと願いをひめた
　苦しみと喜びの海に
身を投げ打ちつのる荒波を
　この胸にうけとめよう。
善悪の痛苦をうけとめて
あなたのみ胸で目ざめよう
あなたの声を聞こう
世のもろびとのざわめきに。
いのちの馬車で
　出て行くのはいつの日か。

一三一七年アシャル月一日

八五

さまようのはもうよそう
　こんなふうにひとり――
心のかたすみの
　迷いの闇にいて。
あなたをわが腕に小さく囲み
　ひとりじめにして
わたしはじぶんの紐で
　じぶんをしめあげている。

遍き世にあって
　あなたを得るとき
そのとき心に得るだろう
　心の国を。
わが心は花の茎
その上に全世界の蓮華
そこに惜しみなく
　み姿をあらわしたまえ。

一三一七年アシャル月二日

八六

主よ、いまわたしを目ざめさせるなら
　行かないで　行かないで見つめたまえ
　　やさしい目で。
　深い森の樹々に
　アシャル月の雲が雨をそそぎ
　降りしきる雨に
　　夜はものうげに眠っている。
行かないで、行かないで見つめたまえ
　　やさしい目で。

やすみなく雷火がきらめき
　眠れぬままに心は
降りしきる雨音にあわせて
　歌をうたいたがっている。

　わが心は涙をうかべて
　暗闇のなかを出て行った
　狂おしく空をもとめ
　両の腕《かいな》をひろげて。
行かないで　行かないで見つめたまえ
　　やさしい目で。

一三一七年アシャル月三日

八七

英語本6

わたしを摘みとってください
　遅れないで
土に
　散りおちてしまうまえに。
この花はあなたの花輪に
ふさわしいかどうかわからない
けれどあなたに手折られるなら
　花は幸せなのです。
摘みとってください
　遅れないで。

　日はうつろい
　夜の闇が来て
祈りのときが
　知らぬ間に過ぎゆく。
まだ色はのこり
香りと蜜にみちている
いまのすべてをささげます
　ふさわしいときに。
摘みとってください
　遅れないで。

一三一七年アシャル月三日

八八

わたしは求める　あなたを
　あなたを求めている――
この言葉をいつも心のうちで
　唱えていられますように。
あれやこれやの欲のままに
わたしは昼も夜もさまよう
それは偽り　それはすべて偽り
　わたしはあなたを求めている。

夜が光への憧れを
　ひめているように
そのように深く迷いつつ
　あなたを求めている。
嵐が静寂をおそうとき

英語本38

なおも心のうちで静寂を求めるように
あなたを傷つけながらも
　あなたを求めている。

一三一七年アシャル月三日

八九

わたしのこの愛は
　怖がりでも弱虫でもない
ただ戸惑うままに
　涙があふれる。
美と喜びのなかで甘やかに
愛をどうして眠らせておけようか。
あなたとともに目ざめたい
　狂おしい喜びのなかで。

あなたがはげしく踊るとき
力づよいリズムが打ちひびき
疑いや惑いは
　おののいて逃げて行く。
踊りのその猛々しき力で
わたしの愛をむかえいれ
ちっぽけな願いの楽園を
　打ちこわしたまえ。

一三一七年アシャル月四日

九〇

打たれても打たれても耐える
　わたしは耐える
いまひとたび強く生命の弦《いと》を
　かき鳴らせ。
わがいのちにあなたが呼びさます旋律《ラーガ》は
まだ極限の調べを鳴らさない
厳しき音調にその歌の
　　かたちを示せ。

甘いだけの
　あわれみはいらない
心地よい旋律の戯れで
　このいのちを空しくさせたまうな。
ことごとく火を燃え上がらせ
ことごとく風を鳴りわたらせ
ことごとく虚空を覚醒させて
　遍くひろがらせたまえ。

一三一七年アシャル月四日

九一

情け容赦なき君よ　あなたがなさったことは
なさったことはよかったのです。
こうしてわが心にはげしく
火を燃え立たせたまう。
香をたかずに
芳香はくゆらず
火をつけねばランプは
ひかりかがやかない。

わが心が
気づかないとき
打たれる痛みこそあなたのやさしさ
この手ざわりこそ　ほこらしい。
暗闇　迷妄　臆病ゆえに

あなたが見えない
雷火で火をはなち
わが闇を燃え立たせよ。

一三一七年アシャル月四日

英語本77

九二

神とおもい遠ざかり
　わがものだからと大事にしない
父と呼びかけ足もとに伏すが
　友と呼んで手をとることはない。
　　みずからあなたは　たくまぬ愛で
　　わがものとして降り来たまう
　　だがわたしは胸に抱きとめず
　　友と呼んでむかえない。

あなたは同胞《はらから》のなかの同胞
だがわたしはそちらを見ない、主よ
同胞とわが財《たから》を分けあうのは
　あなたの手のひらをみたすこと
　　もろびとの苦楽に駆けつけ
すなわちあなたのみ前に立ち
生きとし生ける人の海に飛びこんで
精いっぱいの業《わざ》をささげたい。

一三一七年アシャル月五日

九三

あなたがなしたまう業《わざ》に
　わたしは役に立ちたい。
業の日にあなたはみずから
　わたしに声をかけてくださらないのか。
　　善いとき悪いとき　成功に失敗に
　　世界という館の創造に破壊に
　　そばにいてあなたを知りたい。

ひとけなき陰で
　おもったこともあった
日が暮れたらあなたと
　知りあえると。
　　暗がりのなかでひとり
　　出あいの夢を見たこともあった

さあ呼びたまえ　あなたの市場へ
　もろびとが商いをするその場所へ。

一三一七年アシャル月六日

九四

あなたがもろびとと繋がりたまうところに
ともにわたしはいる。
　森のなか　ひとけなきところ
　ひとりだけの胸ぬち　そのどこでもなく
愛するひとよ　あなたが誰しものためにある
　その場所で　わがものでもありたまう。

み手をみなに差しのべたまうところ
そこにこそわが愛が目ざめる。
　愛は家の奥にしまわれてはいない
　光のように遍く降りそそぐ
愛するひとよ　あなたはもろびとの喜びの富
　その喜びこそわが喜び。

一三一七年アシャル月七日

九五

呼べ　わたしを呼べ
あなたの心地よき冷たき
　きよらかな濃き闇へ。
　　ささやかな一日《ひとひ》の疲れと悔いが
　　いつまでも言葉を
　　千々にこねまわし
　　　生命をついえさせる。
解きはなて　わたしを解きはなて
あなたの無言の
　広大無辺の深き闇へ。
　　夜の静寂《しじま》に言葉をはらい
　　わが外面《そとも》を外界とひとつにして
　　わが胸の奥に
　　まったき姿を示したまえ。

一三一七年アシャル月七日

九六

世にあなたが分かち与えたまうところ
そこにわが心は行きつくかしら。
　日と星は金の瓶《かめ》に
　光のながれをくみとり
無限の生命が空に散らばる
そこにわが心は行きつくかしら。

あなたが施しの座につきたまうところ
そこにわが心は行きつくかしら。
　つねに新しい甘露をそそぎ
　み姿をしめしたまう
そこに呼びたまえ　わが生命を。
そこにわが心は行きつくかしら。

一三一七年アシャル月八日

九七

花ひらくようにあなたは歌を咲かせる
わが主よ　これこそあなたの贈りもの。
その花を見てわたしはよろこび
わたしのものとしてあなたに捧げる
あなたはやさしく微笑んでみ手にとりたまう
主よ　このわが驕りをゆるしたまえ。

やがて祈りのときが終わったら
歌は散りおちて土にまみれる
けれど失われるものとてない──あなたの掌で
数しれぬ富が生まれて消えて行く。
それらはつかの間　わが生《よ》に咲き
永久《とわ》に生命をみたす。

一三一七年アシャル月九日

九八

あなたのほうを向いていたい
　この望みを生命にみのらせよ。
ここにいて　ただ見つめる
ただわが心を受けとめよ
　あらゆる痛み　あらゆる願いに
日々のあらゆる業《わざ》にあって。
　とりどりの望みが四方《よも》を駆けめぐる
望みをひとつ　この生命にみのらせよ。
その望みが夜ごと
ひとつの痛みのように目ざめ
ひと日ひと日を
　ひとつの糸に喜びの歌をつむぐ。

一三一七年アシャル月十日

九九

雨季が来たよ　アシャル月の空いっぱいに――
かぐわしい雨風がふきわたる。
　きょう　喜びにふるえて
古いわが心がうたいだす
新しい黒雲を見あげて。
雨季が来たよ　アシャル月の空に。

　果てしない大地につぎつぎと
芽ぶく若草に雨雲の影がおちる。
来たよ　来たよと　生命がつぶやき
来たよ　来たよと　この歌がひびきだす
目に駆けて来た　心に駆けて来た。
雨季が来たよ　アシャル月の空に。

一三二七年アシャル月十日

一〇〇

きょう　雨季の相《すがた》を人のうちに見る
　雷がとどろき　黒き装いで鳴りわたる。
その真ん中で荒ぶる力が踊りだし
境をふみこえ駆けぬける
いかなる懲らしめか　雲に雲が
　ぶつかりあって雷鳴がとどろく。
　雨季の相を人のうちに見る。

　雨雲は幾重にも垂れこめて遠い空へ
　わけも知らずに群れてながれる。
いずこか高峰のふもとに水となって溶けおち
雲暗きスラボン月にほとばしり出るのか
その壮大な黒雲にどんな
　すさまじい生死の力がみちているのか

　雨季の相を人のうちに見る。
　北東でごろごろとひびきあうのは
　嵐の声か。
闇のしじまで無言の痛みに耐えているのは
何かの運命《さだめ》か
暗い底で
陰うつな影が迫って来る。
　雨季の相を人のうちに見る。

一三一七年アシャル月十一日

一〇一

英語本65

わが神よ、この身に　この生《いのち》に　あなたは
どんなアムリタをみたして飲みたまうのか。
うたびとよ、あなたはその世界図を
わが目のなかに見ようとし
わが魅せられし耳もとで　黙してあなたは
　あなたの歌に耳をすます。
わが神よ、この身に　この生に　あなたは
どんなアムリタをみたして飲みたまうのか。

あなたの創りたまうものが　わが心のうちで
ひとつの言葉をとりどりに編む。
　あなたの愛がそれとひとつになって
　わが歌のすべてを目ざめさせる
　あなたをわがうちにあたえてあなたは
　　あなたじしんを甘美のなかに見たまう。
わが神よ　この身に　この生に　あなたは
どんなアムリタをみたして飲みたまうのか。

一三二一七年アシャル月十三日

一〇二

この生命に　あなたの喜びが
大いなる歌となってひびく　それがわが望み。
　あなたの空　気高い光のながれが
　小さな戸口をみて素通りしませんように。
六つの季節が踊りながら　いつもあらたに
　わが心の奥深くやって来ますように。

　あなたの喜びがまっすぐに
　わが身に　わが胸にとどきますように。
あなたの喜びが　苦しみのきわみに
きよらかな光をはなってくれますように
あなたの喜びが卑しさをくだき
　わが業《わざ》のすべてに花ひらきますように。

一三一七年アシャル月十三日

一〇三

英語本30

ひとりわたしは外へ出た
　あなたとの逢瀬をもとめて
闇のしじまに
　だれかがついてくる。
いくども道をよけて
からくも行かせ
やっかい払いをしたと思いきや
　やはりそのものはいた。

そのものは地面をけちらし
　ひどく落ちつかない。
あらゆる話に
　じぶんの話をしたがる。
そのものとは　わが身のなかのわたし
そのものは恥をしらない　主よ
ともにあなたの扉に立つのは
　恥ずかしい。

一三一七年アシャル月十四日

一〇四

わたしはあなたたちみなを見つめたい。
みなのなかに居場所をあたえてください。
　下に　あらゆるものの下に　土にまみれ
座に値うちなどあるべくもない
わかつ区切りのないところに
　尊卑のへだてなきところに
みなのなかに居場所をあたえたまえ。

外がわのおおいなく　おのれを
つつみかくさずにいられるところ。
わがものというべきものなく
その真実がおのれを隠さないところ
そこに立ち　恥をしらないわが貧しさを
　あのかたの至上の贈りものでみたそう。

みなのなかに居場所をあたえたまえ。

一三一七年アシャル月十五日

一〇五

英語本9

もう　わたしじしんを頭上にのせて
　運ぶのはやめよう。
もう　おのが戸口に
　物乞いするのはやめよう。
この　荷をあなたの足もとにさしだして
　かるがると出かけよう
　荷を思いわずらうこともなく
　　語ることもないだろう。
わたしじしんを頭上にのせて
　運ぶのはやめよう。

わが欲望が
　手をふれるものは
たちまち
　その輝きを消してしまう
欲がその手でつかみとったものを
　わたしは欲しくない
あなたの愛にひびくものでないなら
　耐えられない。
わたしじしんを頭上にのせて
　運ぶのはやめよう。

一三一七年アシャル月十五日

一〇六

わが心よ　きよらかな巡礼の地に
　目ざめよ　しずかに。
このインドの　人つどう
　海の岸辺に。
　ここに立ち腕《かいな》をひろげ
　人という神に頭をたれる
　ひろやかな歌のひびきに喜びに
　　そのかたをたたえよう。
　厳かに瞑想する峰みね
　大平原をながれる祈りの数珠たる河
　ここに立ち　とこしえに見つめよ
　　きよらかな大地を
このインドの　人つどう
　海の岸辺に。

だれぞ知る　だれの招きで
　いかに多くの人びとが奔流のごとく
どこからか辿りきて
　海原にちらばったことを。
　ここにアーリヤ人　非アーリヤ人
　ドラヴィダ人　中国人　サカ族や
　フン族　パタン人やムガール人が
　　ともにひとつになった。
　西欧は扉をひらき
　かの地より贈り物をとりよせ
　やりとりして出あい　つながり
　　もどることはない
このインドの　人つどう
　海の岸辺に。

戦いの流れに舵をとり
　熱狂のうずに勝利の歌をうたう
砂漠の道を　山やまをこえて
　やって来たものたちのだれもが
　わが身のうちにいる
　遠いところではなく
　わが血潮の鼓動となって
　　とりどりの調べをきざむ。
　猛きヴィーナよ　ひびけ　鳴りひびけ
　いまなお離れて憎む者たちも
　縛りを断ちきり　やって来て
　　立ちならぶことだろう
このインドの　人つどう
　海の岸辺に。
かつてここに

　大いなるオームの声がやすみなく
心の糸に　ひとつの聖句に
　たかだかと鳴りひびいていた。
　苦行の力で一《いっ》なる炎に
　多くを犠牲にしてささげ
　差異を遠ざけ　よびおこした
　　ひとつの大いなる心を。
　その修行の　その祈りの
　犠牲の館がいま扉をひらいた
　ここにみなが相まみえよう
　　頭をたれて――
このインドの　人つどう
　海の岸辺に。
その護摩の火にいま燃えさかる
　苦難の血の炎をみよ

耐えるべし　骨の髄まで焼かれるのを
　運命にしるされているとおり。
この苦しみをになえ　わが心よ
一《いっ》なるものの声を聞け。
あらゆる恥に怖れに打ちかてよ
　侮りは遠ざかれ。
耐えがたき痛みはおわり
ゆたかな生命がうまれる。
夜が明ける　母が目ざめた
　大いなる巣に
このインドの　人つどう
　海の岸辺に。

来たれアーリヤ人　来たれ非アーリヤ人
　ヒンドゥー教徒もイスラム教徒も。
来たれ来たれ　英国人のきみも
来たれ　キリスト教徒よ。
来たれバラモンよ　みなの手をとり
みなの心をきよらかに。
来たれ非カーストの人よ
　屈辱の重荷から解かれかし。
母なる大地の戴冠式に馳せ来たれ
いまだ　みたされぬ吉祥の壺を
みながふれてきよらかになる
　巡礼地の水でみたそう。
きょうの日　インドの人つどう
　海の岸辺に。

一三一七年アシャル月十八日

一〇七

英語本10

もっとも低きもの　もっとも弱きものの場所で
　あなたのみ足はかがやく
　　すべての後ろ　すべての下に
　みな失ったものたちのなかに。
あなたに深くお辞儀をしようとしても
わたしの礼はどこかで止まっている
あなたのみ足は侮りの底に降りているのに
　わたしの礼はそこにとどかない
　　すべての後ろ　すべての下に
　みな失ったものたちのなかに。

わたしの思い上がりは達することができない
　あなたが粗末ななりで歩く場所に
　　すべての後ろ　すべての下に
　みな失ったものたちのなかに。
富と名誉にあふれているところで
わたしはあなたとともにいたい──
あなたは寄る辺なきものの家にいて
　わが心はそこに降りてゆけない
　　すべての後ろ　すべての下に
　みな失ったものたちのなかに。

一三一七年アシャル月十九日

一〇八

わが痛ましき国よ　おまえが侮ってきた
すべての人と等しくおまえは侮られるべきだ。
　人としての権利を
　おまえが奪いとってきた人を
前に立たせても抱きよせることはない
侮った人びとと等しくおまえは侮られるべきだ。

人にふれるのを厭い　遠ざけ
おまえは人の生命の神をきらう。
　荒神《あらがみ》の怒りにあえば
　飢饉の戸口にすわって
食べもの飲みものをみなで分けあわねばならぬ。
かれらすべてと等しく侮られるべきだ。

おまえの座からかれらを追い出して
おまえは自分の力を蔑ろにした。
　それは踏みにじられて
　土ほこりに消えた
その低きところへゆけ　さもなくば救いはない。
いま　すべての人と等しく侮られるべきだ。

おまえが下に投げやるものがおまえを下に縛る
後ろへ追いやるものがおまえを後ろへ引っぱる。
　おまえが無知の暗闇に
　おおい隠したものが　おまえの幸せを
おおい隠して　おそろしい障害をつくる。
かれらすべてと等しくおまえは侮られるべきだ。

途方もない歳月　頭上に侮蔑という荷をのせて
なおもおまえは人なる神を崇めない。

目を下に向けて
　見てごらん
虐げられしものたちの神が土に降りているのを
そこで侮られしものと等しく侮られるべきだ。

見えないのか　戸口に死の使いが立ち
生まれゆえに尊大なおまえの額に呪いを描いた。
　おまえがすべての人を呼ばずに
　なおも遠ざけているのなら
もしまた驕りのなかに居つづけるなら
死におちて等しく火葬の灰となるまでだ。

一三一七年アシャル月二十日

一〇九

引きさがるな　かたくまもれ
　きみはきっと勝利する
闇はきえてゆく
　もう怖くない
ごらんよ、東のほうを
暗い森のかなたに
　あけの明星があらわれた。
　もう怖くない。

闇を動きまわるものたちだけが
自信なく望みなく
　なまけてためらう
　朝はかれらのためじゃない。
出でよ、外へ駆け出でよ

よく見てごらん　頭をあげて
　空があかるくかがやいてきた。
　もう怖くない。

三一七年アシャル月二十一日

一一〇

あなたはいる　わが心にみちている
　あなたは喜びのままになしたまえ。
心のうち深くあなたがとどまるなら
　そとがわのすべてを奪いたまえ。
　あらゆる渇きが果てるところで
あなたがいのちをみたすなら
日差しよ　熱砂の道に
さらにきつく照りつけよ。

あなたはこの戯れをいくどとなく繰りかえす
　わたしはこの戯れを愛する。
あるときは涙にくれさせ
　あるときは笑いをあたえたまう。
　すべてをなくしたと嘆くとき

心深くわたしはそれを見つけている
あなたの胸もとから遠ざけよ
そしてまた　み胸に抱きよせよ。

E.I.R.（東インド鉄道）にて
一三一七年アシャル月二十一日

一一一

誇らしく名を唱えないのを心の主は知りたまう
　わが唇は誉め歌にふさわしくない。
だれもがあざけるとき　わたしはなやむ
　あなたの名はわが声にそぐわないと。
　　あなたから遠いことを
　　わすれさせたまうな
名を称える歌い手のふりがあらわになるのを
　おそれてわたしは心ひそかに恥ずかしい。
思い上がりという偽りからすくいたまえ
　わが場所にわたしをおきたまえ。
人びとの視線から遠ざけ
　あなたのまなざしをあたえよ。
　　わが祈りは慈しみをえるため

　　だれかれの家での讃辞ではない
またも過ちをおかして
　わたしはあなたを呼ぶ　土ほこりの上で。

E.B.S.R.（東ベンガル鉄道）にて
一三一七年アシャル月二十二日

一一二

だれが言うのか、死がおまえの手をとるときに
　すべてを捨てて行くのだと。
この生《よ》でおまえが手に入れたものは
　すべてもって行かねばならない。
この　みちあふれた蔵に来て
　ついには空っぽで行くなんて。
おまえのものになったものは
　しっかりもって行きたまえ。

ちりくずの　おびただしい荷を
　のべつあつめてきたんだ
すくわれるだろうよ　行くときに
　すべてをつかいきって行くならば。
この世にやって来たからには
この世でかざりたてるのだ
王さまみたいに笑いながら行こう
　死の岸の　その祭りに。

シライドホにて
一三一七年アシャル月二十五日

一一三

河辺の
　このアシャル月の朝
こころよ、受けとめよ、ことごとく
　いのちの奥へと。
緑が青に金にまじりあい
蜜をまきちらし
み空のもとに
　ふかき声を呼びさました――
こころよ、受けとめよ、ことごとく
　いのちの奥へと。

　おのずと道をあゆみ来て
　世の両岸に
咲く花をおまえは

　すべて摘みとってゆけ。
それらをおまえは意識のなかで
昼に夜に編みあげよ
来る日も来る日も心をこめて
幸せをおもいながら
こころよ、受けとめよ、ことごとく
　いのちの奥へと。

シライドホにて
一三一七年アシャル月二十五日

一一四

英語本90

日の果てに死がきみの戸口をおとずれるとき
きみはどんな宝をさしだすのか。
　みちみてるわが生《よ》を
　わたしはそのひとにさしだそう
　そのひとを手ぶらでかえらせはしない
　わが戸口に死がおとずれるときに。

　　いくたびも秋の夜と春の夜が来て
　　いくたびも夕暮れと朝が来て
　いのちの器に慈雨のしずくがそそぎ
　　かずしれぬ花に実に
　　わがこころはみちあふれる
　喜び悲しみの光と影がふれあって。

　ながい間にたくわえた
　わが宝をすべて
最期の日に　そのひとにさしだそう
わが戸口に死がおとずれるときに。

シライドホにて
一三一七年アシャル月二十五日

一一五

慈しみふかく　みずから望んでちいさくなって
　ちっぽけなこの家をおとずれたまえ。
　　まさしくあなたの甘美な蜜で
　わが目の渇きがきえますように。
あなたは水に陸に
　数限りないかたちであらわれる。

友や父や母ほどに身近になって
わがこころにあらわれたまえ。
　わたしも宇宙の主を
　身近なひとと思いましょう。
あなたを知り　わたしを知ってもらい
　ささやかに親しく知りあえますか。

シライドホにて
アシャル月二十六日

一一六

英語本91

わたしのこの生《よ》の
　最後の仕上げ
死よ、わが死よ
　　わたしに語りかけよ。
わが生のすべてはあなたのためと
わたしは気づいている
あなたゆえにわたしは
　苦楽の痛みをせおって歩く。
死よ、わが死よ
　　わたしに語りかけよ。
わたしが得たこと　わたしの来し方
　すべてわたしが望んだもの。
知らぬ間にあらゆる愛が
　あなたのほうへ駆けてゆく。
祝福のまなざしがそそがれるなら
あなたとひとつになって
とこしえに従順な
　あなたの花嫁となろう
死よ、わが死よ
　　わたしに語りかけよ。
契りの花輪はわが心の奥に
　編みあがっている
あなたはいつやって来るのか
　花婿のすがたで無言の笑みとともに。
その日わたしに家はなく
わがもの他のものとてなく
ひとけなき夜に主と
　永久《とわ》の契りをむすぶ。

死よ、わが死よ
わたしに語りかけよ。

シライドホにて
一三一七年アシャル月二十六日

一一七

わたしは旅びと。
だれもわたしをとめられない。
苦楽の縛りはむなしく
かまえた家ははかない――
世過ぎの荷はわたしを下へ引っぱり
裂けてちりぢりになるだろう。

わたしは旅びと。
いのちのかぎり歌をうたって道を行く。
身の砦なすすべての扉がひらき
欲の鎖はちぎれるだろう
禍福を断ちきり乗りこえて行こう
この世界からべつの世界へ。

わたしは旅びと。
重荷はなにもかも去ってゆくだろう
空が彼方へと呼ぶ
言葉なき未知の歌で
朝な夕なにわがいのちを引きつける
かくも深き音色はだれの笛か。

わたしは旅びと。
旅に出たのはいつだったのか。
そのとき鳥の声もなかった
夜はまだ明けていなかった
不動のまなざしがひとつ
闇の上に目ざめていた。

わたしは旅びと。
地のはての　どんな家にたどりつくのか。

そこにどんな星がかがやいているのか
風はどんな花の香になみだするのか
その澄んだ目はいったいだれなのか
　時を超えてわたしを見つめている。

ゴライ川にて
一三一七年アシャル月二十六日

一一八

天がける車に旗をひるがえし
　そのかたのお出ましだ。
馳せ来たれ　さあ太綱を引け
家のすみっこにいないで。
人びとのむれのなかに飛びこみ
　きみの場所をなんとか手にいれよ。

　家の仕事があるって?
　いまはみな忘れよ。
身も心もつくして引け
ちっぽけな未練なんかすてて
引いて進もう　光に闇に
　町に村に森に山に。

ほら聞こえる　車輪の音が
　胸の奥に音がひびいているかい。
きみの血潮にいのちがはずむ。
死を打ち負かす歌を心がうたっているよ
きみの望みが勢いよく駆けだした
　大きな未来へむかって。

ゴライにて
一三一七年アシャル月二十六日

一一九

祈りも歌も修行も礼拝も
　みなほうっておこう。
きみはなぜ神殿の片すみにいるの
　ぴたりと扉をとじて。
ひとり暗がりで
いったいだれを拝んでいるの
見てごらんよ　目をあけて
　そこに神はいない。

そのかたは固い土をたがやす農夫が
　はたらく場所へ行ってしまったよ
十二月かけて石をくだき
　道をつくるその場所に。
灼熱のなか雨のなか　みんなのなかで

英語本11

そのかたの双手は土にまみれているよ
さあきれいな服をぬぎすてて
　土の上においでよ、そのかたのように。

解脱だって？　それをどこで手にいれるの
　解脱ってどこにあるのかい。
主はみずから創造の結び目をまとって
　もろびととつながりたまう。
さあ瞑想をおいて花かごをおいて
服がやぶれようが土ほこりにまみれようが
そのかたと業《わざ》をひとつにすべく
　ともに汗をながそうよ。

ゴライにて

一三一七年アシャル月二十七日

一二〇

限りなきものよ、あなたは限りあるものに
　あなたの音をならしたまう。
わがうちに　あなたはあらわれ
　かくもここちよい。
いくつもの色どりに　いくつもの香りに
いくつもの歌に　いくつもの調べに
形なきものよ、あなたの戯れに
　こころのうちが目ざめる。
わがうちに　あなたの輝きは
　かくも甘やかに香りたつ。

あなたとわたしが出あうところで
　すべてが解きはなたれる――
世の海原で波がたわむれ

　立ちさわぎ揺れる。
あなたの光に　かげりはなく
わがうちで　そのかたちをとり
わが涙のなかで
　うつくしく際だつ。
わがうちに　あなたの輝きは
　かくも甘やかに香りたつ。

ジャニプル、ゴライにて
一三二七年アシャル月二十七日

英語本56

一二一

こうしてあなたは
　わたしのところに降り来たまう。
天地の主よ、あなたの愛は
　われあるがゆえに真実となった
　わたしをつうじて世の集いがあらわれ
　わがむねに妙なる戯れがうまれて
　わが生《よ》に　とりどりの姿で
　あなたの望みが波うつ。
あなたは王のなかの王
　それでも　わがむねのために
心うばう装いであらわれ
　主よ、あなたはいつも目ざめている。
　こうしてあなたはここに降り来て
あなたの愛を信じるものの愛のなかで
ひとつになって
あなたの姿が惜しみなくあらわれる。

ジャニプル、ゴライにて
一三一七年アシャル月二十八日

一二二

ほこりたかき座　ここちよき寝床
　きみのためじゃない。
いま　すべてをすてて元気よく
　道へ出て行こう。
来たれ友よ　そろって
きみたち　ともに外へ出よう。
軽んじられた家で
　ぼくらは　いま歩みだす。

とがめだてを身にまとい
　茨を首かざりにして
さげすみという荷は
　頭にのせて行こう。

最後にのこされた　貧者の庵で
ぼくらは　その土ほこりに額ずく
あきらめという　からの器を
　よろこびでみたそう。

ゴライにて
一三二七年アシャル月二十九日

一二三

主の館より　勇者の群れが
　出で来た日
いずこに隠されていたのか
　尽きせぬ力は。
鎧はどこか、武器はどこか
よわく、とぼしく、寄る辺なく
四方《よも》より　容赦なき攻めが来た
　たえまなく
主の館より　勇者の群れが
　出で来た日。
主の館に　勇者の群れが
　もどり来た日
ふたたび　いずこに隠したのか

英語本85

　尽きせぬ力を。
剣、弓、矢はいずこかに失せ
しずかな笑みをうかべて
生涯のみのりすべてを
　のこして去った
主の館に　勇者の群れが
　もどり来た日。

コルカタにて
一三一七年アシャル月三十一日

一二四

わたしは思った　ついになるべくして
わが旅はここにおわったと。
道は閉じ　なすべき業《わざ》もなく
いま旅路の糧も尽きはてた
しずかな隠れ家へ引くべきだ
人生につかれ装いはよごれて。

だがこれはいかに、果てしなき戯《リーラー》れなのか
あたらしいものがひそかに流れているのか
ふるびた言葉が口もとで死するとき
あたらしい歌がむねにわきおこる
ふるい道が閉じるところでわたしは
あたらしい土地にみちびかれた。

英語本37

コルカタ　貸馬車にて
一三一七年アシャル月三十一日

一二五

この　わたしの歌は
　すべてのかざりをぬぎすてた
あなたのみまえに
　うぬぼれの装いをすてた。
かざりが隔てとなって
あなたとの出あいを見えなくする
多弁な装飾音は
　あなたのことを押しかくす。

詩人としての誇りも
　あなたのみまえではむなしい
大いなる詩人のあなたよ、すべてを
　あなたの足もとにゆだねたい。
いのちをこめ　こころをこめて

英語本7

142

簡素な笛をこしらえたなら
笛の孔すべてを
　あなたじしんの音でみたせよ。

コルカタにて
一三一七年スラボン月一日

一二六

そしり、苦しみ、さげすみに
　どれほど傷つけられようとも
そこに　失うもののないことを
　わたしは知っている。
塵ほこりのうえにいれば
すわるべき座を思いわずらうこともない
貧しさにあれば　ためらいなく
　あなたの恵みを乞いもとめる。

みながほめそやし
　安楽にすごすとき
そこに偽りの多きことを
　ひそかにわたしは知っている。
その偽りをまとって

頭上にかざして歩きまわるなら
あなたのみまえに
　立つ時が来ることもない。

ボルプルにて
一三一七年スラボン月二日

一二七

英語本8

王様みたいな服を子に着せて
　宝石かざりをつけさせると
その子のよろこびはだいなしになる
　服もかざりもただの重荷となって。
引っかけて破れるのではないかしら
　ほこりまみれにならないか
みなの遊びの輪に入れない
　動こうものなら不安でいっぱい――
王様みたいな服を子に着せて
　宝石かざりをつけさせると。

母よ、王様みたいな服も
　宝石かざりも何だというの。
さあ扉をあけて　外へ走って行かせなさい
陽ざしと風　土と泥の野地のほうへ。
世の人びとがあつまる場所に
　一日じゅう　とりどりの戯れがあり
大いなる歌が千々の音色でひびき合う
　そこに出て行くことを奪ってしまう
王様みたいな服を子に着せて
　宝石かざりをつけさせると。

ボルプルにて
一三一七年スラボン月二日

一二八

細糸と太糸　ふたつの糸が
　からまって
いのちのヴィーナは
　調べよくひびかない。
この音のもつれに
こころは痛み
わが歌はいくども
　とぎれてしまう。
いのちのヴィーナはもはや
調べよくひびかない。

この痛みにわたしは
　耐えられない
あなたの集まりへとむかいながら

　恥ずかしくてたまらない。
あなたのもとには匠たち
そばに並ぶことができない
みなのうしろ　外の扉に
　わたしは立ちつくす。
いのちのヴィーナはもはや
　調べよくひびかない。

ボルプルにて
一三一七年スラボン月三日

一二九

どの歌もうたうにあたわず
捧げものはそなえるにあたわず。
わたしは思う　どれもやりのこして
ただあなたをいつわって来たと
いのちをことごとくみたして
この生《よ》の祈りをおえるのはいつの日か。

ほかのみなの奉仕ほどに
　惜しみなく供えものをささげ盛る。
貧者であるとばれないように
　真実《まこと》も嘘もとりそろえて。
　　あなたのまえに秘めごとなく
　　あなたへの祈りに勇気をえて
なにもかも　み足もとにささげる
こころの貧しさも包みかくさずに。
一三一七年スラボン月七日

一三〇

わたしのうちにあなたの戯《リーラー》れがある
こうしてわたしはこの世界に来た。
　この家ですべての扉がひらき
　　あらゆる驕りがきえるだろう
　喜びにみちたあなたのこの世界で
　わが喜びはほかになにもない。

死して生まれ、こうして
　わたしのうちにあなたの戯れがある。
　欲求はすべてやみ
　あなたの愛にとけてゆく
　悲しみと喜びのとりどりの生《よ》に
　あなたのほかには　なにもない。

一三一七年スラボン月七日

一三一

悪しき夢はどこからやって来て
　生《よ》に騒ぎをもたらすのか。
泣いて目ざめて知る
　ただ母のひざだけがあるのを。
　　ほかのだれかがいると怖れて
　わたしは懸命にあらそった
　いま　あなたの微笑みをみて知る
　わたしを揺すったのはあなただと。

この生はつねに揺れつづける
　それゆえの喜びと苦しみと怖れのために
これがわたしのすべて
　ほかになにもない。
　　一瞬のうちに朝の光がさして

このめまいが消えさり
あなたとまっすぐに向かいあうと
揺れる波はすべてしずまるだろう。

一三一七年スラボン月八日

一三二

わたしは歌であなたをさがす
　こころのうちで
わが人生にいつまでも。
　歌はわたしを家から家へ
戸口から戸口へとつれて行った
　歌を手がかりにわたしは
　この世界をあるきまわる。

歌がわたしに多くをまなばせた
いくつもの隠された道をしめし
　いくつもの心の空にひかる星を
　おしえてくれた。

さまざまな喜びと悲しみの国を

英語本101

神秘の世界をまわって
　黄昏になり　あなたが
みちびいたのはどの館か。

一三二一七年スラボン月九日

一三三

あなたをもとめて終わりはない
わが生《いのち》をつうじて。
　あたらしい生の世に行けば
わが目にあたらしい出あいが目ざめる
　生まれたばかりの光のなかで
　　あたらしい邂逅の糸をむすぶ。
　　あなたをもとめて終わりはない。

あなたに限りはない、だから限りなく
いくどもあたらしい戯れ《リーラー》がある。
　あなたはどんなみすがたで
　道にたたずまれるのか
　そばに近づいてわが手をとりたまえば
　あたらしい愛に胸がときめくだろう。

あなたをもとめて終わりはない。

一三一七年スラボン月十日

一三四

英語本58

わが名残りの歌にすべての調べがみちるように
わが喜びがすべてその音にとけこむように。
　喜びに大地がわらい
樹木も草もざわめく
喜びに酔いしれるふたりみたいに
生と死が世界をあるきまわる
その喜びがその音にとけこむように。

喜びは嵐のすがたでやって来て
大笑いして眠ったいのちを目ざめさせる。
　喜びは目に涙をためて
痛苦の血の蓮華のうえに立つ。
あるものをみな塵ほこりにすてさり
その喜びに言葉の尽きることはなく

その喜びがその音にとけこむように。

一三一七年スラボン月十一日

一三五

あなたが前も後ろもわたしを縛るとき
　もう逃げられないとわたしは思う。
あなたが下へ押したおせば
　もう起き上がれないとわたしは思う。
するとあなたは縛りをといて
わたしを支えたまう
いのち永久《とわ》に　こうしてあなたは
　み腕にだいて揺らしたまう。

怖がらせて怠惰をけしさり
眠りをやぶって怖れをこわす。
　すがたをみせて心に呼びかけ
　そのあとどこかに隠れてしまう
　見うしなったとわたしは思う
　するとどこからかこたえてくれる。

一三一七年スラボン月十一日

一三六

きみが幼子のように
　力なきとき
心のひそやかな場所に
　いつづけよ。
　　ちょっと打たれてひっくり返り
　　小さく火がついてひどく傷つく
　　すこし土ほこりがついただけで
　　よごれにまみれる——
　　心のひそやかな場所に
　　　いつづけよ。
きみの力がいのちにみちて
　めぐりはじめる
そのとき　あのかたの火のごとき蜜を

きみは飲みほすだろう——
　外へ駆け出でよ　さあ
土ほこりにまみれてもきよらかだ
あらゆる縛りを身におおいつつも
きみは自由に歩きまわるだろう
心のひそやかな場所に
　いつづけよ。

一三一七年スラボン月十四日

一三七

心がいつも　あなたをはなれず
　真実《まこと》でありますように
真実よ、わたしにいつ
　そんな　よき日が来るだろう。
　　真実、真実、と唱えて
　　知恵をすべて真実にゆだね
　　限りという囲いをこえて出よう
　　　ひろい世界へ
　　真実よ、あなたのすべてに
　　　あえるのはいつだろう。

あなたから遠くはなれて
　じぶんの偽りのなかで死にそうだ。
わたしは惑うばかり
　悪霊の王国で。
わたしのなかのわたしを取りさり
あなたのなかへ消えてゆこう
真実よ、あなたに真実でいよう
　こうしてわたしは生きぬく
わが死が　あなたのなかに
　死をむかえるのはいつなのか。

一三一七年スラボン月十五日

一三八

英語本34

あなたをわが主とします
それだけのわたしがわたしにのこるよう。
　どこを見てもあなたをさがす
わがすべてをあなたにとけあわせ
日夜あなたへの愛を目ざめさせる
　わたしにのこるのはその望みだけ
あなたをわが主とします。

あなたをどこにも隠すことなく
ただそれだけがわたしにのこるよう。
あなたの戯れ《リーラー》がこの生《いのち》にみちるよう
あなたはわたしをこの世に結びおきたまう
あなたの腕にしばられつづけよう
　わたしにただそれだけがのこるよう

あなたをわが主とします。

一三二一七年スラボン月十五日

一三九

あなたのあたえたものが　わが生《いのち》をみたした
いま死すとも悔いはない。
昼も夜もいくたの喜びと悲しみに
この胸ぬちにあまたの調べがひびき
あなたはあまたの形《なり》でわが家にはいり
いくたの相《すがた》で心をうばった。
いま死すとも悔いはない。

わたしは知る　み恵みをいのちにうけとめず
わがものすべてをみたしえなかったことを。
あなたは　ひとふれをあたえた
わたしは　それを幸《さち》とうけとめた
あなたはいたまう　わたしは知っている
その希望の舟にのって行こう。

一三一七年スラボン月十六日

一四〇

渡し守よ、わが
　人のいのちを渡す船頭よ
きこえますか　遠くから
渡河の笛がひびきはじめたのを。
日の終わりに舟は
船つき場に来ますか。
みえますか　夕闇にうかぶ
　灯明のつらなりをそこに。

心のうちにおもう
この　ここちよい風のなか
渡河の微笑みはだれのものか
　いま闇をぬってちかづいて来る。
その時にと　わたしは花を

いくばくか摘みあつめた
花がみずみずしいうちに受けとって
　花の盆にかざってください。

一三一七年スラボン月十八日

一四一

心を、わが身を
なくしてしまいたい
この黒い影を。
　火にもやし
　海にしずめ
　み足もとにとかして
　　幻をふみつけて——
　　心を、わが身を。

行くところで
座をひとりじめにして
恥ずかしくてならない
　この黒い影をとりさりたまえ。
　心を、わが身を。

あなたがわたしになさることに
邪魔立てのあるはずもない
み姿をすべて見せたまえ
　幻を遠ざけて。
　心を、わが身を。

一三一七年スラボン月十九日

一四二

英語本96

ゆく日には
　こう告げてゆけますように――
わたしが見たもの、受けとったものは
　比類なきものだったと。
　この光の海に
　咲きほこる蓮の花の
　蜜をのみ　こうして
　　わたしは祝福された――
　ゆく日には
　　こう告げてゆけますように。

世の相《すがた》の劇場で
　わたしは喜びたわむれ
不思議なうつくしさに
見入った。
ふれがたき　そのかたはみずから
み姿をゆだねられた
ここに終わらせたまうなら
　そうさせたまえ――
ゆく日には
　こう告げてゆけますように。

一三一七年スラボン月二十日

一四三

英語本29

わがなのもとに閉じこめているものは
　名まえの牢獄でいまにも死にそうだ。
昼に夜に夢中になって
名まえを空高く積めばつむほど
わが名という暗がりのなかで
わたしは真の自己をうしなう。

わが名を高くもちあげようと
塵のうえに塵をかさねる。
　どこかに穴があいてはいけないと
高ぶるわが心に安らぎはない
この偽りをだいじにすればするほど
わたしは自己をうしなう。

一三一七年スラボン月二十一日

一四四

あなたが名をけしさりたまう日に　主よ
　わたしは自由に生きるだろう――
じぶんの夢からはなれ
　あなたのなかに生まれよう。
　　あなたの手書きをかくして　わたしは
じぶんの名のしるしをきざんでいる
そんな生《いのち》の日々がつづくのか
ひどい重荷をせおったまま。

みなの飾りをうばい　名は
　じぶんをかざりたがる。
いかなる調べをもだまらせて　名は
　じぶんをひびかせたがる。
　　この　わが名を終わらせたまえ
あなたのみ名をこそ　となえよう
みなとともに　まじりあおう
名のない出あいのなかに。

一三一七年スラボン月二十一日

一四五

さまたげはきつく　断ちきりたい
　断ちきろうとすれば　痛みがうずく。
自由をもとめ　あなたのもとにゆくが
　こいもとめるのは恥ずかしい。
　わたしは知っている　あなたは
　わが生《よ》の至高　比類なき宝
　それでいて家にあふれるがらくたを
　　わたしは捨てられない。

がらくたの塵があなたをおおい
　こころが塵にうずもれて死にそうだ。
それらを憎みつつ
　わたしは憎んでいることをも愛する。
　失敗は多く　いつわりは増え
　負いめも　かくしごとも数えきれない
　わがために幸《さち》をこいもとめるとき
　　心のおくでおののく。

英語本28

一三一七年スラボン月二十二日

一四六

あなたの慈しみをもとめるすべを
　知らずとも　あなたの
み足もとに　慈しみもて
　引きよせたまえ。

　祈り堂をこしらえ
われをわすれて
花や果物をそなえては
うっとりと祈る――
塵ほこりにまみれたその遊び堂を
うとんじたまうな
どうか目ざめさせたまえ
　火の槍を投じて。

ためらいのなかに

　真実はとざされ
それを花ひらかせるのは
　あなたをおいて誰もいない。
　死をつらぬいて
アムリタの蜜がしたたりおち
底なき　みじめさの
空虚をみたしはじめる。
破滅の痛みがあって
覚醒がはじまる
葛藤のさけびに
　あなたの深き声がとどく。

一三一七年スラボン月二十二日

一四七

生《いのち》のつとめはすべて
　終わったわけではなかった
わたしは知っている　それでも
　失われたのではなかったと。
花は　ひらくことなく
地におちた
河は　砂漠で
　水のすじをなくした
わたしは知っている　それでも
　失われたのではなかったと。
生《いのち》に　いまなお
　やりのこしていることがある
わたしは知っている　それさえ
　むだではなかったと。
わたしのゆくすえ
やりのこしたこと
あなたのヴィーナの琴糸に
　それらはひびきつづける
わたしは知っている　それでも
　失われたのではなかったと。

一三一七年スラボン月二十三日

一四八

英語本103

ひとつのあいさつを　主よ
　ひとつのあいさつを
わが身をつくして
　あなたのこの世界に　ひれふします。
スラボン月の雨雲が慈雨のしずく重く
たれこめるごとく頭をたれて
　ひとつのあいさつを　主よ
　　ひとつのあいさつを
　心おしみなく捧げさせたまえ
　　あなたの館のとびらに。

かずかずの音色が甘くうつくしく
まじりあい　われをわすれる
　ひとつのあいさつを　主よ
　　ひとつのあいさつを
あらゆる歌がさいごに
　沈黙する海原にゆきつくように。

ひたすらカイラスの湖をめざす渡り鳥に似て
昼と夜がそのためにめぐりますように
　ひとつのあいさつを　主よ
　　ひとつのあいさつを
　生《いのち》をつくして飛びつづけよう
　　大いなる彼岸をめざして。

一三一七年スラボン月二十三日

一四九

英語本66

いのちにとわに
　かすかにありつづけたもの
朝のひかりにも
　すがたをあらわさないもの
　いのちのさいごの贈りものに
　いのちのさいごの歌に
　だからこそいま　神よ
　おんみのみ前にささげよう
　朝のひかりにも
　すがたをあらわさないものを。
言葉をつくしても
　いいあらわせない
歌のしらべにも
　奏でられない。
　あたらしき魅惑のかたちで
　黙してひそかに
　まったき宇宙の目から
　かくれていたそのひと　わが友
　朝のひかりにも
　すがたをあらわさないもの。

わたしはそのひとをつれて旅をした
　国から国へとまわった
この生《よ》にあって壊してはつくり
　そのすべてに　そのひとがいた。
　すべての思い　すべての業《わざ》
　わがすべてのうちにあって
　寝てもさめてもともにいてなお
そのひとは孤独だった

朝のひかりにも
　すがたをあらわさないもの。

人びとはみな　いく日もかけて
　そのひとをほしがったが
外のとびらからむなしく
　引きかえすばかりだった。
　だれがわかってくれようか
おんみに近づきたいという
その切望が
おのが空につれてきたのを
朝のひかりにも
すがたをあらわさないものを。

一三一七年スラボン月二十四日

一五〇

あなたといつも仲たがい
　もう耐えられない——
日に日に　つみあがる
　かずかずの負いめ。
みなが礼拝のため
晴れ着であなたのもとに来る
わたしは粗末ななりで
　誇りもなく　ひとめをさける。

心のいたみをわかってもらえようか
心は口をきけなくなった
あなたに言葉ひとつ
　かたろうとしない。

いま　その心をしりぞけないで
誇りなきものを　すくいたまえ
あなたのみ足もとに　とわに
　わが身をゆだねさせたまえ。

ボルプルにて
一三二一七年スラボン月二十五日

一五一

英語本17

愛の手にゆだねようと
　わたしは待ちつづける
時がたち　日がくれた
　あやまちをかさねつつ。
きまりごとという縄をかけようと
近づくものあれば　わたしは逃げる
そのために罰をうけるなら
　よろこんでうけよう。
愛の手にゆだねようと
　わたしは待ちつづける。

世の人びとがわたしを非難する
　それはいつわりではない
あらゆる非難を頭上にのせて
わたしは人びとの下にいよう。
時がすぎ　日のおわりに
売り買いの市場《メラ》は果てた
わたしを呼びにきたものたちは
　腹をたてて帰っていった。
愛の手にゆだねようと
　わたしは待ちつづける。

一三一七年スラボン月二十五日

一五二

英語本32

この世界で
　わたしを愛するものたちは
わたしをつかまえておこうとする
　かたい縄でしばって。
けれどあなたの愛はずっと大きくて
あなたのやりかたこそがあたらしい
しばらず　すがたを見せず
　あなたのしもべを放っている。

みなは　わたしが忘れないようにと
　わたしをひとりにさせない。
日に日に　時はすぎるが
　あなたにあえない。
あなたを呼んでも呼ばなくても
喜びをもとめて　わたしはいる
あなたの喜びがそれを見つめている
　わたしの喜びをねがって。

E. I. R.（東インド鉄道）にて
一三二一七年スラボン月二十五日

一五三

愛の使者をいつよこしたまうのか　主よ。
あらそいは　そのときすべて終わるだろう。
　わが家におしかけるものはみな
わたしをおどし　威をふるう
屈しない心は扉をかたく閉ざし
ひるむことなく　みなを追いかえす。

そのひとが来れば　妨害は遠ざかり
そのひとが来れば　束縛は断ちきられる
　もはや家に閉じこもるべくもなく
　使者の呼びかけにこたえなくてはならぬ。

そのひとは　ひとりでやって来る
そのひとの首に花輪がゆれる

その花輪にわが心をむすぶとき
わが心はしずまりゆく。

鉄道にて
一三一七年スラボン月二十五日

一五四

あなたはわたしに歌をうたわせた
　かずかずの惑いにさそって
あまたの愉しい遊びに
　悲しみにあふれる涙に。
　　ゆだねさせ　ゆだねさせず
　　そばに寄りそい　すぐに走りさり
　　その刹那せつなに
　　　わが心をうずかせて。
　　そうしてあなたは歌をうたわせた
　　　かずかずの惑いにさそって。
琴糸をつよく
　あなたのヴィーナにはりつめ
笛穴をいくつもうがって

あなたは生《いのち》の笛をふきならす。
　あなたの音の戯れ《リーラー》に
　わが生《いのち》を終えるなら
　そのとき　み足もとにおいて
　　沈黙させたまえ。
　わが生《いのち》のかぎり　あなたは
　幾多の惑いに歌をうたわせた。

　鉄道にて
一三一七年スラボン月二十五日

一五五

わたしは思う　ここで終わりなのか
　終わりはどこにあるのか
するとあなたの集いから
　なおも呼びかけがある。
　　あたらしい歌にあたらしい旋律《ラーガ》
　あたらしく心がめざめる
　調べの道はどこへつづくのか
　めざすものは見えない。

夕べの黄金のかがやきに
　音色をあわせて
黄昏《たそがれ》の旋律に
　歌を終えたとき――
　　真夜中の奥深き音色に

ふいに生《いのち》がみちてきて
　さらに目はさえ　ねむ気は
　あとかたもなくきえている。

鉄道にて
一三二七年スラボン月二十五日

一五六

終わりのなかに　終わりなきものがある
　この言葉がわが心のうちに
いま　いくたびも
　わが歌の果てに目ざめる。
調べはやんだ
それでも音はやみがたく
そこはかとなくヴィーナがひびく
　静寂《しじま》のなかに。

琴糸がはじかれ
　調べとなってひびく——
比類なき大いなる歌は
　はるか遠くにとどまる。
音曲《アーラープ》がすべてやんでなお

音は沈黙するヴィーナにおりてくる
日のおわりに黄昏が来るように
　深い音となってひびいている。

コルカタにて
一三二一七年スラボン月二十六日

一五七

英語本24

日はおわり　鳥はなかず
　風はつかれて　そよともせず
いま　わたしを深くつつみたまえ
　漆黒の闇のなかに――
ひそかにやさしく夢のように
あなたが大地をつつみ
閉じた目をつつみ
夜の蓮華をつつんだ、そのように。

旅の糧は道なかばにつきはて
　損なうものはふえるばかり
身にまとう服は埃にまみれてくたびれ
　侮りにいまにも力つきはてる――
　その傷と痛みをつつみたまえ

深き慈悲とひそやかさで
恥を去らせ　闇の甘露にいやして
あたらしい夜明けへと向かわしめよ。

コルカタにて
一三一七年スラボン月二十九日

詩篇の日付と地名について

ベンガル暦と西洋暦

ベンガル語本『ギーターンジャリ』各詩末尾に記された日付はベンガル暦によるものである。

ベンガル暦は太陽陰暦で第一月から第十二月に分かれ、第一月は西洋暦の四月中旬から始まる。季節は順に夏、雨季、秋、露季、冬、春の六季で、各々に二ヶ月ずつが割りあてられる。

ベンガル暦日付を西洋暦日付に特定するのはほぼ不可能であるため、これはおおよその対応表である。

詩篇一〜四
（ベンガル暦）一三一三年
（西洋暦）一九〇六年か一九〇七年

詩篇五〜七
一三一四年オグロハヨン月（露季）
一九〇七年十一月中旬から十二月中旬

詩篇八
一三一三年
（前掲）

詩篇九〜一四
一三一五年および同年バッドロ月（秋）
月名がないものは一九〇八年か？
同年バッドロ月前半は一九〇八年九月後半

詩篇一五〜四四

一三一六年アシャル月（雨季）

一九〇九年六月中旬から七月中旬

一三一六年バッドロ月（秋）

一九〇九年八月中旬から九月中旬

一三一六年アッシン月（秋）

一九〇九年九月中旬から十月中旬

詩篇四五

一三一六年オグロハヨン月二十日

一九〇九年十二月初旬

詩篇四六～五一

一三一六年ポウシュ月（冬）

一九〇九年十二月中旬から一九一〇年一月中旬

詩篇五二～五四

一三一六年マグ月（冬）

一九一〇年一月中旬から二月中旬

一三一六年ファルグン月（春）

一九一〇年二月中旬から三月中旬

詩篇五五～五九

一三一六年チョイトロ月二十六、二十七、二十八、三十日（春）

一九一〇年四月前半

詩篇六〇、六一

一三一七年ボイシャク月四日、十二日（夏）

一九一〇年四月後半

詩篇六二〜八三
一三一七年ジョイシュト月（夏）
一九一〇年五月中旬から六月中旬

詩篇八四〜一二四
一三一七年アシャル月（雨季）
一九一〇年六月中旬から七月中旬

詩篇一二五〜一五七
一三一七年スラボン月（雨季）
一九一〇年七月中旬から八月中旬

地名

シャンティニケトン、ボルプル
詩人が一九〇一年に学校をひらいた場所。コルカタの北方、約百マイルの地点にある。ボルプルは、シャンティニケトンへの鉄道駅であるとともに周辺地域の地名である。

シライドホ
現在バングラデシュで、首都ダカの北西に位置する。大河ガンジス（ガンガー）はバングラデシュに入るとパドマ河と呼ばれ、河畔にタゴール家の領地があった。かつて詩人が家族と住んだ、その美しい屋敷は現在ミュージアムとして公開されている。
なおシライドホのタゴール家には、「パドマ」と名付けられた寝泊りできる船があった。

ゴライ、ジャニプル

ゴライ河はパドマ河の支流。ゴライ村は河畔の村。

ティンドリヤ

ダージリンの南。周囲に紅茶園がひろがる。

歌の捧げもの

ギーターンジャリ英訳散文詩集

序文　ウィリアム・バトラー・イェイツ

一

つい最近、私はとある著名なベンガル人の医学博士に言った。

「わたしはドイツ語を知りませんが、たとえばドイツ詩人の翻訳書を読んで感動したら大英博物館をたずねるでしょう。その人物の生涯とか思想について英語で書かれた本をさがしに。こんなことは久しくなかったのですがラビンドラナート・タゴールの散文詩訳に血がさわぎました。彼のことを知りたくなりましたよ、彼の人生のこととか思想のことを。しかし知るあてもないので、これはもうインドから来た人にきくしかないと思いましてね」

すると私の感動は当然であるかのように医学博士は言うのだった。

「ぼくはタゴールを毎日のように読みます。彼の詩を一行でも読めば、この世のあらゆる苦しみを忘れられるのです」

私は話をつづけた。

「リチャード二世の時代にさかのぼってたとえば当時ロンドンに住む英国人が、イタリア・ルネッサンスのペトラルカやダンテの翻訳をみることがあったとしましょう。その人物について知りたいと思ったら、フィレンツェからの銀行家とかロンバルディアの商人に質問したことでしょう、こうしてわたしが今あなたに質問しているように。とにかくわたしにわかるのは、これらの詩が豊穣で、しかも平易であることなのです。うわさによれば、あなたの国では新しいルネッサンスが誕生しているそうですね」

　すると彼は言った。

「ほかにも詩人はいますが、彼は際立った存在です、ぼくらはラビンドラナートの時代と呼んでいますよ。彼はぼくらの間であまりに有名ですが、ヨーロッパで同様な受けとめられ方をしている詩人がいるでしょうか。詩はもちろんですが、音楽においても偉大です。彼の歌はインドの西からビルマまで、ベンガル語がつうじる場所ならどこでもうたわれています。十九歳で最初の小説を書いて有名になり、そのすぐあとに戯曲を書きましたが、今でもカルカッタで上演されつづけているのです。ぼくはもう、彼の生き方の完璧さにまいっています。まだ若かったころ彼は自然について書きました、一日じゅう庭にすわって。二十五歳から三十五歳のころに深い悲しみを経験して、もっとも美しい愛の詩をぼくらの言葉であらわしたのです」

　そしてさらに情熱をこめて言うのだった。

「彼の愛の詩を読んでぼくが十七歳であじわったことを言葉でいいあらわすことなど到底できません。そのあと作品はいっそう深みをましていき、宗教的で哲学的なものになりました。人類が願ってやまないあらゆる祈りが、かれの讃歌にはこめられています。彼は、これまでの聖人たちのうち、生きることを否定することがなかった最初の人なのです。いのちそのものについて称

序文　ウィリアム・バトラー・イェイツ

えた初めての聖人です、だからこそぼくらは彼に愛をささげます」

言葉をえらびながら語った医学博士の話を、記憶をもとに忠実にお伝えできているかどうかわからないが、博士の考えはまさしくこういうものだった。

「だいぶ前のことですが、ぼくらのチャーチの一つで彼が朗読をしたことがありました。ブラーフマ・サマージ（193頁訳注参照）をぼくらはチャーチと呼びます、あなたがたのように。そこはカルカッタでは最大のチャーチで、人でごったがえしていました。窓辺にも人だかりがしていて、通りは人であふれ、通行不能になってしまいました」

ほかにも私のところに来たインド人たちがいたが、彼らの、この詩人にたいする敬愛の度合いといったら、われわれの世界では奇異にかんじられたほどだった。われわれは偉大でもくだらなくても、見えすいた笑いや浮ついた軽視でおおってしまう。われわれが大聖堂を建てたとき彼らほどに、聖人たちへの畏敬の念に打たれていただろうか。こんなことを話すインド人もいた。

「この目で見たのですが、毎朝三時に彼は不動の姿勢ですわって瞑想します。二時間というもの神について黙想するのです。彼の父君モホルシ（モホルシはベンガル語読み。大聖の意でマハリシとも）にいたっては翌日まで瞑想がつづくのはざらで、ある時など河辺にすわっているうち風景の美しさに心をうばわれて、そのまま瞑想に入ってしまいました。船頭たちは八時間待ってようやく船出となりました」

この人はタゴール家の一族について語り、幾世代にもわたってタゴール家という揺りかごから、いかに偉大な人物たちが出たかを話した。

「いま、芸術家ではゴゴネンドラナートとオボニンドラナート・タゴールがいますし、ラビンドラナートの長兄ディジェンドラナートがいます。ディジェンドラナートは偉大なる哲学者で、リスたちが木の枝から降りてきてその膝にのり、小鳥たちが手にとまります」

これらの人びとの考え方には、美しさや意味合いは目に見えるものだという意識があって、あたかもニーチェが述べたように、物体に印象をとどめることのない倫理的または精神的な美は信じるにあたいしないという思想を、人びとが信奉しているかのようであった。私は言った。

「東洋では、家名をあげて保持する方法が熟知されていますね。先日、ミュージアムのキュレーターが、中国の版画を陳列している肌の黒い小柄な男を指して、『この人は帝の世襲の美術鑑定家で、その役職につく家系の十四代目にあたります』などと言うのです」

すると彼はつづけた。

「子ども時代、ラビンドラナートを取りかこむすべてが文学と音楽でした」

私は、ラビンドラナートの詩にそなわる豊かさと平易さについて思いをめぐらせながら言った。

「あなたがたの国では宣伝文や批評文を書くのはさかんですか。われわれはやり過ぎています、とくにわが国ではそうですね、それで創造的であることをだんだんやめてしまいました。しかしこれはもう、いかんともしがたいのです。絶えずたたかっていないと、よいものを見分ける目をもちえず、善が何かを知りえず、聴衆も読者も手に入れることができないのですから。われわれは持てる力の八割を自分自身の心との、あるいは他人の心の醜悪な感覚との争いにうばわれています」

するとと彼は言った。

「わかりますとも。私たちにも宣伝屋が書くものがありますよ。農村で彼らは、中世のサンスクリット語からとってきた長ったらしい神話的な詩を唱えてみせますが、そのなかに、自分の任務を全うせよ、という教えをしょっちゅうもぐりこませます」

二

いく日も私はこれらの翻訳原稿を持ちあるき、鉄道でもバスでもレストランでも読みつづけ、ひどく心をゆさぶられた。見知らぬ人に、私の感動を見られやしないかとおもって、しばしば原稿を閉じなければならなかった。それらの抒情詩は、インド人の友人たちによれば原文では精緻なリズム、翻訳不可能な繊細な色彩、斬新な韻律技巧にみちているというのだが、その思想には、私がこれまで生きてきた人生のなかでひたすら夢見た世界が示されているのだ。最高度の文化がつくりあげた作品でありながら、それらはまるで野の草がそだつのとおなじ自然の土壌ではぐくまれたかのようにみえる。詩と宗教が一体となっているような場所では伝統というものは、生得的かつ伝習的メタファーやエモーションを集めつつ幾世紀をも経て、ふたたびまた学者や高貴な者たちの思想を一般の人びとにもどしては、創りあげられてきた。もしベンガルの文明社会が分断されることなくそのまま続くなら、その共通の精神が万人をつらぬいているとして、そしても し、われわれにみるように幾つもの考え方に分断されて互いのことに無知になるようなことがなければ、これらの詩句のもっとも繊細なものは、世代をかさねるうちに路上に暮らす乞食の心にまで到達することだろう。英国に統一された精神があった時代にチョーリーは「トロイラスとクレシダ」を書いたが、目で読むために書いたにせよ、朗誦されるために書いたにせよ、それも今ではたちまちわれわれの時代になってしまったわけだが、しばらくの間は吟遊詩人たちによってうたわれていた。

ラビンドラナート・タゴールは、チョーサーの先駆者たちのように、じぶんの言葉のために曲をつくる。彼は不思議でもなく不自然でもなく、説明などみじんも必要なさそうで、そのためにかくも豊かでのびのびとして、情熱的で奔放で、かくも驚きにみちあふれている。それを人は瞬時に理解することだろう。この詩集は、仕事をしない手でページをめくり意味もなく溜息をつくほどの人生しか知らない、そんな高貴な女性たちの卓上におかれる小綺麗な本と並びあうことはないだろうし、あるいは学生たちが一時持ち歩いても彼らの人生の仕事が幕をあけたとたん放り出すというような本ではない。世代が過ぎゆけば、旅びとたちの行く道で、舟びとが漕ぎすすむ河で、人びとが口ずさむようになることだろう。恋人たちは相手を待ちながらその詩句をつぶやき気づくことだろう、この神の愛は魔法の深淵となって、そこで彼らの切ない熱情はきよめられ、若さをよみがえらせることに。その刹那せつな、この詩人の心が外へとながれ出し、真っすぐに彼らの心のなかにそそぎこむ。なぜなら詩人の心は、恋人たちが理解すると信じているからであり、詩人の心には彼らの日々の暮らしがあふれているからだ。旅びとは、土ほこりが目立たないように赤茶の服をまとい、娘は、王家の恋人の花輪からこぼれ落ちた花びらを彼女の寝台にさがし、従者や花嫁はだれもいない家で主人の帰りを待っている、そういったイメージはすべて神へむかう心を表現している。花や河、法螺貝を吹く音、インドの七月の豪雨または熱暑は、合一の、あるいは別離の悲しみをあらわし、河に浮かべた舟の琴をつまびく人物は、中国の絵画の人物像のように不可思議な意味にみちて神そのものをあらわしている。とある民族の全体、とある文明の全体が限りなく不思議におもわれて想像をかきたてられるのであるが、それでもその不思議さゆえに心が動かされているのではなく、われわれは自身のすがたに出あったのであって、あたかもわれわれがロセッティの「柳の森」を歩くことを夢見たように、文学の中ではじめて自身の声を夢に聞いたのである。

ルネッサンス以降、ヨーロッパの聖人たちによる書物は、彼らの思想の比喩や一般構造がどれほど身近であっても、われわれの注意を引くこともない。われわれはついには世を去らなければならない。疲労困憊したり満悦の頂点にあるときにわれわれは、みずから世を捨てることを考えたりする。しかし、ぞんざいに冷たく捨てられるわけがない。数多くの詩をよみ、数多くの絵画を鑑賞し、たくさんの音楽に耳を傾けてきたのも、肉体の叫びと魂の叫びが一つのものだからだ。スイスの湖の美しさを見ないように目を覆った聖ベルナルドや、あるいは黙示録の厳めしい修辞学と共通するものをわれわれは持ち合わせているだろうか。われわれは、できることならこの詩集にあるような厚い情けにあふれた言葉を見出したいのではなかろうか。

「わたしは行かなければなりません。さようなら、みなさん。あなたがたにお辞儀をして出て行きます。扉の鍵をおかえししましょう。わが家のすべての権利をおまかせします。ただ、わたしは最後にあなたがたから親切な言葉をききたいのです。わたしたちは長いあいだ隣人どうしでした。差し上げるよりもっと多くのものをわたしは受けとりました。夜が明けました。わたしの暗い隅っこを照らしていたランプが消えました。呼び出しが来て、わたしには旅立つ用意ができています」

そして「わたしがこの人生を愛するように、死をも愛することを分かっている」という叫びは、トマス・ア・ケンピスや十字架のヨハネから遠く離れていながらも、われわれ自身の心情でもある。しかもこの本がすべての深みを感じさせるのは、われわれの別離における思いのなかだけではない。われわれは神を愛することを知らなかったし、神の存在を信じたと言いがたいかもしれないが、それでいて、われわれが歩んできた人生をふりかえってみると、森のなかの小道をたずねたとき、丘の上の寂しい場所で喜びを見つけたとき、愛した女性たちに空しくもとめた願いのなかにも、この喜びを生みだす感情があったことを発見するのである。

「わが王よ、あなたはなにも告げず、ありふれた大勢のひとりとしてわが心のなかにそっと入って、わがいのちの、うつろう刹那せつなに永遠の刻印を押した」

これはもはや独房や懲らしめの神聖さではなく、いうなれば塵や陽光を描こうとする画家の激しい心模様にみる高揚感であり、われわれの苛烈な歴史では異質な、聖フランシスやウィリアム・ブレイクをおもわせる声をわれわれはもとめるのである。

三

われわれは、書くことがどのページにも喜びをもたらしそうもないのに、一般的な構想に自信をもって、戦ったり、金儲けをしたり、政治で頭を一杯にしたりというような、感動のない、長々とした本を書く。それにたいしてタゴールは、インド文明がまさにそうであるように、魂を発見することに満足し、魂の自発性に身をまかせている。われわれの流儀で生きて世俗のことしか考えない人生と、自分の人生とを対比させているかのようであり、タゴールはいつも謙虚に自分自身のその方法が最上であると確信している。

「家路をいそぐ人たちはわたしをちらと見てわらい、わたしは恥ずかしさでいっぱいになった。わたしは乞食の娘のように衣の裾で顔をおおった。するとかれらは、何がほしいのかと、わたしに問うた。だが、わたしは下をむいたまま、何も答えなかった」

またべつの時には、彼の生活が違うものだったことを思い出して言う。

「善と悪のたたかいにわたしは多くの時を過ごした。けれど今は、わたしの空しい日々の遊び相手がわたしの心を引きよせる。そして、いったいなぜ不意に、この無益でつじつまのあわないことへと招きよせられるのか、わたしはわからない」

およそ文学以外のどこにも見あたらない純粋さや素朴さがあるからこそ、小鳥や木の葉が子どもたちに親しいのと同じように彼にとっても親しいものになり、そして幾つもの季節の変化もまた、思想が発生する以前にはそうであったような重大事として感じさせるのだ。わたしは時には、彼はそれをベンガルの文学か、あるいは宗教から得ているのかと思ったりもするのだが、また同時に、彼の兄の手の上に小鳥たちがとまるという話を思い出して、そのことが世襲のものであると思い、アーサー王伝説の騎士たちにみる厚い情けに似て、幾世紀を経て醸成されてきた神秘でもあると考えて楽しくなる。実際に彼が子どもたちのことを語りはじめると、その性質はまさしく彼自身の一部であると感じられ、同時に彼は聖人のことを話していると思われてくるのである。

「子どもたちは砂で家をこしらえ、貝がらであそぶ。子どもたちは落ち葉でいくつも舟をあみ、ほほえみながら広い水の深みに舟をうかべる。子どもたちは世界の岸辺で子どものあそびをたのしむ。子どもたちは泳ぎかたを知らず、網の打ちかたを知らない。真珠とりは真珠をもとめて海にもぐり、あきんどたちは船をしたてて海をわたる。子どもたちは小石をあつめ、また、小石をまきちらす。子どもたちは隠された財宝をもとめず、網の打ちかたを知らない」

一九一二年九月

W・B・イェイツ

訳注 ブラーフマ・サマージ（ブラーフマ協会）は、偶像崇拝を排し、唯一、無形、偏在の神を礼拝し、普遍的信仰をめざす宗教団体である。社会改革に果敢にとりくみ、近代インドのムーブメントとして重要な役割を果たした。創始者のラーム・モハン・ローイは、詩人ラビンドラナートの祖父ダルカナート・タゴールと懇意であり、進取の気性にとんだタゴール家からさまざまな協力をえた。ダルカナートの息子にして、詩人ラビンドラナートの父デベンドラナート・タゴール（一八一七〜一九〇五）は、一時ふるわなかったその活動を立て直してブラーフマ・サマージを復活させた。

詩人ラビンドラナート・タゴールは二十代半ばに差しかかる頃、父の申し出をうけてブラーフマ協会の特別セクレタリーとなり一時期、ブラーフマ讃歌を数多くつくった。だがやがてブラーフマ・サマージから離れた。

—1—

あなたはわたしを限りないものにした、あなたのよろこびのままに。このもろい器をいくたびも空にして、あなたはあたらしいいのちでみたす。

このちいさな葦笛をあなたは丘をこえ谷あいをこえてはこび、とわにあたらしい調べを吹きこむ。

あなたの手の、不死のひとふれがあると、わたしのちいさな心は限りないよろこびに節度をうしない、言いあらわせない言葉をはなしだす。

あなたの限りない祝福を、わたしはこのちいさな手のうえに受けとめる。限りない時がすぎさったが、なおもあなたはあたえつづけ、いっぱいになってしまうことはない。

——2——

ベンガル語本78

あなたがうたえと命じると、わが胸は誇らしさにはちきれそうになる。わたしはあなたのみ面を見つめ、わが目に涙がこみあげる。

わが生命の荒々しく耳ざわりなものすべてが、ひとつの甘美な調和にとけてゆき、憧れが、喜々として海をわたる鳥のように翼をひろげる。

わたしは知っている、わたしがうたうのをあなたがよろこびたまうのを。わたしは知っている、あなたのみ前にわたしはただ歌い手としてやって来たのを。

わたしは、わが歌が精いっぱいひろげた翼の先端で、あなたのみ足にふれる。ふれることが叶えられるとは思いもよらなかったけれど。

うたうよろこびに酔いしれてわが身をわすれ、わが主であるあなたを友と呼ぶ。

―3―

あなたはどのようにうたわれるのか、師よ。わたしは驚き、ただ黙ってききいる。あなたの音楽の光は世界をてらす。あなたの音楽のいのちの息吹は空から空へと駆けめぐる。あなたの音楽のきよい流れは、石のようにさえぎるあらゆる障害物をつきやぶって、ほとばしる。

わが心はあなたの歌をともにうたいたいのに声がついていかず、むなしくもがく。声をだしたいのに言葉が歌にならず、困りはてて叫びだす。わが主よ、あなたの音楽のおわりなき網目で、あなたはわが心をとりこにしてしまった。

—— 4 ——

わが生命のいのちよ、わたしはわが身をいつもきよらかにしておこう。わが四肢のすみずみに、あなたの生命がかよう感触があるのを知っているから。

わたしはつねに、わが思考からあらゆる虚偽を遠ざけよう。あなたが、わが精神《こころ》に理性の灯をともした真実そのものでありたまうと知っているから。

わたしはつねに、わが胸からあらゆる悪を追いだして、愛が花ひらくようみまもっていこう。あなたのみ座が、わが胸の奥深い寺院にあると知っているから。

そして、わが行為のなかにあなたをあらわすように努力しよう。わたしに行動する強さをあたえるのは、あなたの力だと知っているから。

—5—

ひとときそばにすわらせたまえ。手もとの仕事はあとで仕上げましょう。み面を見られないと、わが心は安らぎも休息も知らず、仕事は岸辺なき苦の海のおわりなき労苦のようです。

きょう、夏がその吐息とつぶやきをともなって窓辺にやって来ました。蜜蜂たちが中庭の花にあふれる木立をぬって飛びまわり、自由に歌をうたっています。

いまこそ、あなたに向きあって黙してすわり、この静寂にみちたゆたかな時のなかで、生命をささげる歌をうたいましょう。

——6——

このちいさな花をつみとりたまえ、いますぐに。しおれて地面に落ちてしまうまえに。花は、あなたの花輪をあむ一輪になれないかもしれないが、あなたの痛みの手ざわりでつみとって、その栄光をあたえたまえ。気づかないうちに日が暮れて、ささげる時が過ぎてしまわぬように。

色があせ香りがうすれても、この花を祈りのときにつかうべく、まだ時ののこるうちにつみとりたまえ。

—— 7 ——

ベンガル語本125

わたしの歌は飾りをぬぎすてました。もう、衣装や飾りを誇ったりしません。飾りものはわたしたちが一つになるのを妨げます。あなたとわたしのあいだを飾りものがちりちりとざわめいて、あなたのささやきをかき消してしまいます。

詩人としてのうぬぼれは、あなたを見れば恥じ入って消え去ります。大いなる詩人よ、わたしはあなたの足もとにすわったのです。わが人生を簡素でまっすぐなものにしてください、あなたが音楽を吹きこむ一本の葦笛のように。

—— 8 ——

王子の衣装を着せられて、首に宝石のくさりをぶらさげた子どもは、遊びのたのしさをなくしてしまう。ひと足うごくたびに衣装はその子を困らせる。

すりきれやしないか埃がつきやしないかと心配で、子どもは遊びの輪にはいれない。

母よ、子どもを飾りたてて束縛するのは何の役にもたちません。子どもを健やかな大地の土からしめだして、人の暮らしという大いなる祭りにくわわる持ちまえの力をうばってしまう。

—9—

ベンガル語本105

愚か者よ、きみ自身をじぶんの肩にかついで行こうとするの。物乞いよ、きみはじぶんの家に門付けに来るっていうの。

きみの荷はみな、すべてを耐える、あのかたの手にゆだねたまえ。そしてもう未練たらしくうしろを振りむくのはやめたまえ。

きみの欲望はその吐息で、たちまちランプの灯を消してしまう。それはよごれているから。あのかたのあたえたまう贈り物をそのよごれた手で受けとるのはやめたまえ。きよらかな愛によってささげられたものだけを受けとりたまえ。

——10——

そこにあなたの足台があり、もっとも貧しく、もっとも低く、すべてを失った者たちの場所に、あなたはみ足をやすめる。

あなたにお辞儀をしようとすると、わたしのお辞儀は、あなたのみ足のある、もっとも貧しく、もっとも低く、すべてを失った者たちの場所にとどかない。

もっとも貧しく、もっとも低く、すべてを失った者たちのなかに、あなたが粗末な服で歩きたまうその場所に、わたしの思い上がりが近づけないのだ。

もっとも貧しく、もっとも低く、すべてを失った者のなかであなたが友なきものの友となる場所に、ゆきつく道をわが心は見つけられない。

―11―

唱え、うたい、数珠をならすのはほうっておこう。扉をしめて寺院のうすぐらい隅っこでひとり、きみはいったいだれを拝んでいるの。君の目をしっかりひらいて見てごらん、きみのまえに神などいない。

あのかたは、農夫が固い地面をたがやすところに、道路工夫が岩をくだく所にいらっしゃる。あのかたは、かれらとともに太陽に照りつけられ雨に打たれて、服は土ほこりにまみれている。さあ、きみの聖なる上着をぬぎすてて、あのかたのように地面におりておいで。

解脱だって?　どこでそれが見つかるっていうの。われらの主は、みずからすすんで創造の労苦をになわれた。あのかたはとわに、われらみなと結ばれている。

きみの瞑想から出ておいでよ。きみの花も香料もほうって。服がよごれてぼろぼろになっても、それがどうだっていうの。労苦と額の汗で、あのかたのそばに立ちたまえ。

―― 12 ――

わたしの旅路につ'いやす時間は長く、その道のりは遠い。

わたしは、光の最初のかがやきで仕立てられた馬車にのってやって来た。そしてさまざまな世界の広漠とした原野のかずかずをもとめる旅をつづけて、多くの星や惑星にわが軌跡をのこした。

それはあなたにもっとも近づける、もっとも遠い道のりであり、音色のまったき簡素へとみちびくその修行は、もっとも複雑にこみいったものでもあるのだ。

旅人は、じぶん自身の扉に到達するために、あらゆる見知らぬ扉をたたかねばならない。さいごに最奥の神殿にゆきつくために、外のあらゆる世界をめぐらなければならない。

わが目は遠く広くさまよって、ついにわたしは目をとじていう、

「ここにあなたはいたまう」と。

「どこにいたまうのか」という問いと呼びかけは涙にとけて千の流れとなり、「わたしはいる」というゆるぎない信念が、あふれ出す水のように世界をみたす。

—— 13 ——

わたしがうたいに来た歌は、この日までうたわれなかった。

わたしは楽器の弦をしめたりゆるめたりして日々を過ごした。

その時はまだ来ない。ことばはまだ整わない。わたしの心には欲求の苦しみだけがある。

花はまだひらかない。風がため息をつきながら吹きすぎるばかりだ。

わたしはまだ、あのかたの顔をしらず、あのかたの声もきいていない。わが家の前の道をゆく、あのかたのやわらかな足音だけをきいた。

日がな一日、あのかたの座を床にひろげて過ごした。けれどランプの灯はなく、あのかたをわが家にむかえられない。

あのかたに会いたいとねがって生きている。けれどまだ会えない。

―― 14 ――

欲求は多く、わたしの叫びはいじましい。だが常にあなたは厳しく拒絶してわたしをすくった。この深い慈愛が、わが生命のことごとくにはたらきかけた。望まなくてもあなたが与えたこの空と光、この身体と生命と精神、その簡素だけれど偉大な賜物にあなたはわたしをふさわしいものにして、欲求がふくれあがる危険からわたしをすくった。

わたしが力なく歩きまわるときも、目ざめて目標へといそぐときも、無情にもあなたはわたしの目のまえから姿をけしたまう。

日に日にあなたはわたしを拒絶し、そうしてわたしをまるごと、あなたに受けとめられるようにつくりたまう。

―― 15 ――

ベンガル語本31

わたしはあなたに歌をうたうためにここにいる。あなたの、この広間の片すみにすわって。

あなたの世界に、わたしがなすべき仕事はない。役立たずのわがいのちは、あてどなく、ただ音色のなかにあふれだす。

真夜中の暗い寺院で、あなたへの静かな礼拝のときがやってくる。そのときに、わが主よ、あなたのみ前に立ってうたうよう命じたまえ。

朝の調べに合わせて黄金の竪琴がひびきだすとき、わたしをみとめ、ともにいるよう命じたまえ。

—— 16 ——

わたしはこの世界の祭りにまねかれた。こうしてわが生命は祝福された。それをわたしの目が見た。そして耳がきいた。

この祝祭にわたしの楽器をかなでるのが、わたしの役目だった。そして精いっぱいにやってきた。

わたしは問う、いま、ついにそのときが来たのでしょうか。入ってゆき、あなたのみ面をみて、わたしの無言のあいさつを捧げるときが。

—17—

ベンガル語本151

わたしは、ついにはあのかたのみ手にわが身をゆだねるべく、ひたすら愛をもとめて待っている。そのためにこれほど遅くなって、わたしの怠慢を罪深くおもってきた。

かれらは、かれらの規則と決まりをもって来て、わたしを固く縛る。けれどわたしは、どうにかしてそれをのがれる。わたしはついにはあのかたの手にわが身をゆだねようと、愛をもとめてひたすら待っている。

人びとは責め、わたしを思慮なき者と呼ぶ。その責めはもっともだとわたしはおもう。

市の立つ日は果て、いそがしくたちまわる人びとの仕事はみなすんだ。わたしをたずねて来た者たちは腹を立て、甲斐なく帰っていった。わたしは、ついにはあのかたの手にわが身をゆだねるべく、愛をもとめてひたすら待っている。

―― 18 ――

雲のうえに雲がかさなり、暗くなる。愛よ、あなたはなぜわたしをひとりぼっちにして、
扉のそとでわたしを待たせるのですか。
昼間のあわただしさのなかで、人びとともにいるけれど、暗く孤独なこの日にわたし
が待つのはあなただけ。
み面を見せてくださらず、わたしをほうっておきたまうなら、この長雨をどう過ごした
らよいのかわからない。
暗い空のかなたを見つめ、わが心は小止みなく吹く風とともに泣いてさまよう。

―― 19 ――

ベンガル語本 71

あなたが話そうとなさらないなら、わたしはわが胸をあなたの沈黙でみたして、それに耐えよう。星々が寝ずにまたたく夜のように、わたしは無言のまま辛抱づよく、頭を垂れて待ちつづけよう。

朝はかならずおとずれて、暗闇はきえさるだろう。そしてあなたの声が大空をつらぬいて黄金の流れのなかにひびきだす。

そのときあなたの言葉は歌の翼となって、わが鳥の巣のひとつひとつから飛び立つだろう。そしてあなたの調べは、わが森の樹々にいっせいに花となって咲きだすだろう。

——20——

蓮華がひらいたとき、心はあてどなくさまよっていて、わたしは花が咲いたのを知らなかった。わたしの花かごは空っぽで、花はほうっておかれた。

いま、ふたたび悲しみがわたしをおそった。わたしは夢からさめて、南から吹く風のなかで、見知らぬ花の甘い香りをうけとった。

そのほのかな甘い香りは憧れをかきたて、心がうずいた。それは、夏がおわる前にあふれさせる狂おしい息吹のようにおもわれた。

そのときわたしは気づかなかったが、花はあまりに身近で、わたし自身のものであり、この純粋な優しさはわたしの心の奥底で花ひらいたのであった。

—21—

わが舟をこぎ出さなくてはならない。岸辺で、ものうい時が過ぎてゆく、神よ。

春は花を咲かせて、そして去っていった。わたしは色あせた、むだ花の荷をかかえて、ぐずぐずとためらっている。

波はざわめき立ち、堤に沿う日かげの小道に黄ばんだ木の葉が散り落ちる。

なんという空虚をきみは見つめているのか。かなたの岸辺からただよってくる、遠いはるかな歌の調べが大気をふるわせているのを、きみは感じないのかい。

—— 22 ——

雨ふる七月の暗がりに、ひっそりとあなたは歩をすすめる、夜のように無言で、だれにも知られずに。

きょう、朝はその目をとじて、荒々しい東風の執拗な叫びを気にもしない。とわに目ざめる青い空は、厚いとばりでおおわれている。

森は口をつぐんでうたうのをやめ、家々の扉はすべてとざされた。あなたはこのひとけのない道をゆく孤独な旅人だ。たったひとりのわが友よ、わが最愛の人よ、わが家の門はあいています。夢のように通りすぎないで。

―― 23 ――

ベンガル語本 20

あなたは、この嵐の夜に愛の旅路におられるのか、わが友よ。空は絶望した人のようにうめいている。

今夜わたしは眠れない。ときおり戸をあけて暗闇をみつめる、わが友よ。

なにもみえない。わたしはいぶかしむ、あなたがたどる道はどこなのだろうかと。

墨のような河の、暗い岸辺をとおり、しかめっ面をした遠い森のはずれをぬけ、深い闇の迷路をくぐって、あなたはどんな道行でわたしのところに向かわれるのか、わが友よ。

—— 24 ——

ベンガル語本 157

一日はおわり、もはや鳥は鳴かず、風はつかれてそよともしない。そのとき闇のベールでわたしを深くつつみたまえ。あなたが大地を眠りの夜具でくるみ、黄昏にしおれる蓮華の花びらをそっととじてやったように。

食糧のふくろは道なかばに空になり、身をおおう衣はやぶれてほこりにまみれている。力尽きたその旅人から恥と貧しさを取りさりたまえ。あなたが花に、夜の上掛けをそっとかけてやったように、旅人の生命をよみがえらせよ。

——25——

つかれはてた夜には、わたしをぐっすりと眠らせたまえ。身もだえなくあなたにすべてをゆだねて眠りにつけますように。

つかれて気力なく、あなたへの礼拝にそぐわない貧弱なしたくをわたしにさせないでください。

一日につかれた目のうえに夜のベールをかけ、新しい目ざめのよろこびをもたらしたまうのはあなたです。

——26——

あのかたがやって来て、そばにすわったが、わたしは目ざめなかった。なんと運のない眠りだろうか。なんと無情な。

あのかたは、しんとした夜にやって来た。手に竪琴をもち、わたしの夢はその音色とひびきあった。

わたしの夜はなぜ、このように過ぎてしまうのか。あのかたの息づかいが夢にふれるというのに、いつもあのかたを見失うのはなぜなのか。

―― 27 ――

光よ、光はどこにあるのか。欲望の燃え立つ炎で灯をともせ。ランプがあっても炎のひらめきがない。わが心よ、これがおまえのさだめなのか。ならば死のほうがずっとましだ。

苦しみがおまえの扉をたたく。言づてをたずさえている。主は目ざめておられる、夜の闇にひそかな愛の逢瀬へとおまえを呼んでいると。

空は雨雲でおおわれ、雨が小止みなく降る。わたしを狂おしくするのは何なのか、わたしにはわからない。

つかのま稲妻がひらめき、いっそう濃い闇がひろがって、夜の調べが呼ぶほうへと、わが心は手さぐりで道をもとめる。

光よ、光はどこにあるのか。欲望の燃え立つ炎で灯をともせ。雷がとどろき、風がうなりながら虚空をかけめぐる。夜は黒曜石のように暗い。闇のなかで時をむだにするのはよそう。おまえの生命をつくして愛のランプをともせ。

—28—

ベンガル語本145

束縛はきつく手に負えない、だがそれらを断ち切ろうとすると心は痛む。

自由こそがわたしの望みだ。けれど恥ずかしくてそれをもとめられない。

このうえない宝はあなたにあり、あなたこそ最上の友であるとわかっているけれど、まわりにあふれる虚飾を捨てさる心はわたしにはない。

わたしをつつんで縛る衣は、塵と死の衣なのに、わたしはそれを憎みながらもいとおしくて抱きしめる。

負い目はおおきく、しくじりは数多く、恥はひめられて重苦しい。それでも善を乞いもとめ、それなのにわが祈りがききとどけられるのが怖くてふるえている。

—29—

ベンガル語本143

わが名で封印したものが、この牢獄のなかで泣いている。昼も夜もわたしは周囲に壁をこしらえるのにいそがしい。その壁が空高くのびてゆくと、その黒いかげで、わたしはいっそうほんとうのじぶんを見失う。

大きな壁を誇りにおもって、わたしはそれを塵と砂で塗りかためる。この名にわずかな傷もあってはいけないと、ただそれを気にしてわたしはほんとうのじぶんを見失う。

——30——

わたしはひとりで出て来た、わが逢引の道に。だが、その暗闇のなかをひそかにわたしの後をつけるのはだれか。

わたしはわきによけて、その者と顔を合わせないようにするのだが、その者からどうしても逃げられないのだ。

その者はいばりちらし、地面を蹴って土ほこりを立たせる。そして大声で、わたしがはなすことばに口を出す。

その者とは、わが小さきわたし自身だ。主よ、その者は恥をしらないのです。わたしは恥ずかしくて、その者とともにあなたの戸口に立てません。

―31―

「囚われの人よ、いったいだれがきみを縛ったのか」

「わたしの主人です」とその人は言った。

「富と力で世界のだれにも負けないつもりでした。それで王のところに行くべきお金をわたしの金庫にためたのです。眠くてならないとき、わが主人の寝床に横になったのです。目がさめるとじぶんの金庫の囚人になっていました」

「囚われの人よ、この頑丈な鎖をこしらえたのはだれか」

「わたしです」とその人はこたえた。「鎖をたんねんに仕上げたのはわたしです。わたしは考えていたのです、無敵のわが力で世界をつかまえ、じぶんひとり気ままな自由にひたろうと。こうして昼も夜もわたしは炉に火をおこして、けんめいに叩いては鎖を鍛え上げました、ついに仕事がおわり、鎖ががっちりとつながったとき、わたしはその鎖につながれていました」

― 32 ―

ベンガル語本 152

この世でわたしを愛する者たちは、わたしをしっかりとつかまえておこうとする。そのいっぽうで、あなたの愛はかれらの愛よりもずっと大きくて、わたしを自由にさせている。

かれらは、わたしがかれらを忘れるといけないので、わたしをひとりにさせてくれない。

ところがあなたは、いくら日が過ぎても姿を見せてくれない。

祈りのときにあなたを呼ばなくても、あなたを心のうちにとどめていなくても、それでもあなたの愛はわたしの愛を待っている。

── 33 ──

昼間、かれらがわが家に入って来たとき、「いちばん小さな部屋をつかわせてもらう」と言った。

またこうも言った。「あなたが神さまを礼拝するときは手伝いましょう、そのぶんだけ神のお慈悲をわけてくだされぱよい」

そしてかれらは隅っこに座をとって、おとなしく神妙に居すわった。

しかし気づくと夜の闇にまぎれて聖なる場所に乱暴に押し入り、よごれた欲望で祭壇から捧げものをかすめとる。

——34——

ベンガル語本138

わずかにわたしのものをのこしておいてください。あなたこそわがすべてだと言えるように。

わずかにわたしの意志をのこしておいてください。いたるところであなたを感じ、すべてにおいてあなたに近づき、刹那せつなにわが愛をあなたに捧げられるように。

どんなときでもわたしがあなたのことを隠さないでいるように、わたしのものをわずかにのこしておいてください。

ほんのすこしだけわたしに足かせをのこしておいてください。それによってあなたの意志と結ばれているように。そしてあなたの目的がわが生命のなかで実現するように。これはあなたの愛の足かせなのです。

―― 35 ――

精神《こころ》が怖れをもたず、頭を高くささえられているところ、
知識が自由であるところ、
世界がうちなる狭い壁によって区切られていないところ、
言葉が真実の深みからあらわれるところ、
疲れのない努力が、完成にむかってその腕をさしのばすところ、
理性のきよい流れが、死んだ習わしの暗い砂漠のなかへと消えてしまわないところ、
あなたにみちびかれて、精神がどこまでも広がりゆく思考と行動へと前進するところ、
わが父よ、その自由のかがやきのなかに、わたしの国を目ざめさせたまえ。

―― 36 ――

これがわたしの祈りです、わが主よ。わが心の貧しさの根っこを打ちすえたまえ。

わたしに、喜びと悲しみをたやすくこらえる力をあたえてください。

わが愛が奉仕に実をむすぶよう、力をあたえてください。

貧者をはねつけて威圧をまえに膝を折ることのないよう、力をあたえてください。

日々のささいなことにこだわらず、わが精神《こころ》を高くたもつ力をあたえてください。

そしてわが力を、愛をもってあなたの意志にゆだねる力を、わたしにあたえてください。

—— 37 ——

ベンガル語本 124

わが力の果てに、わたしの旅がおわったと考えた。わたしの前につづく道は閉ざされ、たくわえは底をつき、ひっそりと静寂に退くときが来たとおもった。

だが、わたしは気づいた、あなたはわたしに終わりがあると考えていないことを。舌のうえで古いことばが死をむかえると、心のうちからあたらしい音色がわきおこり、ふるい軌跡がうしなわれるところに、おどろくような新しい国があらわれるのを知る。

—— 38 ——

あなたをもとめます、あなただけをほしい。わたしの心がいつまでも、そう繰り返しますように。昼となく夜となく、わたしをなやませる欲望はみな、その髄まで偽りで虚ろです。

夜が暗がりのなかで光への願いをかくしもっているように、無意識の奥底でこの叫びがひびきつづける、わたしはあなたをもとめている、あなただけをほしいと。

嵐がありったけの力で静寂にあらがっても、それでも最後に静寂をもとめるように、わたしの抵抗がたとえあなたの愛にそむいたとしても、それでもなおあなたをもとめている。あなただけをほしいと叫んでいる。

—— 39 ——

心ががつがつして、かわききっているとき、わたしに慈しみの雨をふらせてください。

わが生命からやさしさが失われるとき、あふれる歌とともにお出でください。

騒々しい仕事が四方でがなりたて、超越したものからわたしを閉めだすとき、わが無言の主よ、あなたの静寂と休息をもってお出でください。

わたしの乞食のような心が力なえて部屋のすみっこにうずくまるとき、扉をやぶって、王の威厳とともにお出でください、わたしの王よ。

欲望が妄想と塵で、精神《こころ》の目をとざすとき、きよらかなあなたよ、覚醒するものよ、あなたの雷鳴と閃光をたずさえて、お出でください。

―― 40 ――

わたしの心はかわききって、いく日も雨がふらない、インドラの神よ。地平線はいたいたしいばかりに肌をさらけ出している。薄くたなびく雲の片りんさえなく、はるか遠くに冷涼の雨のきざしもない。

怒り狂う嵐をよこせ、死ほどに暗黒たる嵐をよこせ、それがあなたの望みならば。そして空のすみずみまで雷光で打ちすえて驚かせよ。

だが呼びもどしたまえ、わが主よ、不動に激烈に残酷にひろがる無言の熱暑を呼びもどしたまえ、すくいなき絶望で心を焼きこがしながら。

恵みをもたらす雨雲を上空よりひくく下ろしたまえ、父の憤怒の日に、涙にあふれる母の眼差しが子らの上におちるように。

——41——

愛する人よ、あなたは、かれらみなのうしろで、影のなかにかくれていたまうのか。埃っぽい道をいそぐかれらはあなたを脇に押しやって、あなたをつまらないものと気にもとめずに通りすぎる。わたしはあなたに捧げる花をならべて、ここでずっと待っている。道をゆく人びとが通りすぎるたびに花を持ちさり、花かごはほとんど空っぽになった。

朝が過ぎ、昼も過ぎた。夕がたの薄い闇がおりてくるころ、眠気でわたしはうとうとしていた。家路をいそぐ人びとは、ちらと見てわらい、わたしは恥ずかしさでいっぱいになった。わたしは物乞いの娘のように裳裾をひきよせて顔をおおった。するとかれらは、なにがほしいのかと、わたしに問うた。だが、わたしは下をむいたまま、なにも答えなかった。

いったいわたしにどういえようか、あなたを待っているのだと。あなたがここに来ると約束されたのだと。わたしは恥ずかしくていえない、この貧しさこそがわたしの結婚の持参金になるのだと。わたしはこの自負を心の秘密にして抱きしめるばかりだ。

わたしは草の上にすわって空をみつめ、いまにもあなたが来るという華やかな夢をみるのだった。光が燦然とかがやいて黄金の旗がひるがえり、あなたのみ車があらわれる、それを通行人たちが道ばたで呆然とみまもるなか、あなたがその座からおりて来る。わたしを土埃から立ち上がらせると、夏風にゆれる蔓草のように恥ずかしさと誇らしさにふるえる、ぼろ服を身にまとう物乞いの娘を隣にすわらせる。

いつのまにか時は過ぎゆき、み車の音はひびかない。多くの行列が騒音と叫びとともににぎやかに通りすぎた。あなただけが、かれらのうしろにかくれて無言で立っておられるのか。わたしだけが、心でむなしく待ちこがれて泣き、つかれはてているのか。

—— 42 ——

ベンガル語本 83

その日の朝早く、舟にのって出かけようとあなたとわたしはささやきあった。この世のだれひとり知らない、めざす所のない、ふたりだけのあてどない巡礼なのであった。

岸辺とてないその大海原で、あなたは静かにほほえんでわたしの歌に耳をすます。歌は波のように自由に高まって、あらゆることばの縛りから解きはなたれるだろう。

そのときはまだ来ないのですか。やらねばならない仕事がまだあるのですか。見てください、岸辺に夕闇がおりてきて、薄れゆく光に海鳥たちが巣にもどりはじめた。

鎖がはずされ、舟は日没のさいごの輝きとともに夜の闇へと消えてゆく。それがいつなのか、いったいだれが知っていようか。

—— 43 ——

その日、あなたをむかえる用意はなかった。わが王よ、あなたはなにも告げず、ありふれた大勢のひとりとしてわが心のなかにそっと入り、わがいのちの、うつろう刹那せつなに永遠という刻印を押した。

そしてきょう、たまたまわたしは灯りのもとであなたのしるしを見つけた。わすれてしまった些細な日々の喜びと悲しみの記憶とまじりあって、それらが塵のなかに散らばっているのを。

塵のなかにはわたしの子どもじみた遊びもあった。けれどあなたは軽んじて顔をそむけたりしなかった。そしてわたしが遊び部屋で聞いたあなたの足音は、星から星へとこだまするものと同じであった。

—— 44 ——

影が光を追いかけ、夏のあとを追って雨がやって来る。それを道ばたでいまかいまかと見つめている、これがわたしの喜びだ。

使者たちが、未知の空からの便りをもって来て、わたしにあいさつをする。そして道にそって走りさる。わたしの心は喜び、過ぎゆく風の息吹はあまやかだ。

夜明けから夕暮れまで、わたしはこの戸口にすわっている。わたしは知っている、とつぜん至福のときがやって来て、あなたと会えるのを。

そのうち、わたしはほほえんで、ひとりで歌をうたう。やがてあたりは、あなたとの約束の香気でいっぱいになる。

―― 45 ――

きみたちは、あのかたの静かな足音をきかなかったの。あのかたは来るよ、来るよ、つねに。

どんなときも、どんな時代も、毎日、毎夜、あのかたは来るよ、来るよ、つねに。

わたしはいろんな気持ちのなかに歌をうたってきたけれど、その基調音はいつも「来るよ、来るよ、あのかたはつねに」とひびいていたよ。

よく晴れた四月の、香りにみちた日々に森の道をとおって、あのかたは来るよ、来るよ、つねに。

七月の憂うつな雨の夜に、雷鳴がとどろく雲の馬車にのって、あのかたは来るよ、来るよ、つねに。

悲しみにつづく悲しみに、わが心にひびくのはあのかたの足音だ。そしてわたしの喜びをかがやかせるのは、あのかたのみ足の、黄金のひとふれなんだ。

── 46 ──

どれほど遠いむかしより、あなたがわたしに会おうと近づいてこられたのか、わたしにはわからない。あなたの太陽や星々がいつまでも、あなたをわたしから隠しおおせるわけもない。

朝な夕なに、あなたの足音は聞こえていて、あなたの使者が心のうちに来て、わたしをひそかに呼んだ。

きょう、なぜわたしの生命がざわめいて、ふるえるような喜びがわが心の奥底をつらぬくのか、わたしにはわからない。

仕事をおしまいにするときが来たようだ。あなたがいたまうことを、かすかな芳香のなかに感じている。

—— 47 ——

夜が過ぎていった、そのひとを空しく待ちながら。朝になって、そのひとが戸口にふいにあらわれるとき、わたしがつかれはてて眠っているのではないかしら。友たちよ、そのひとを締め出さないよう道をあけておいてくれ。

けれど、そのひとの足音で目ざめなくても、どうかわたしを起こさないで。わたしは、鳥のにぎやかな歌ごえや、朝の光の祭りにさわぎたてる風で目をさましたくないんだ。わが主が戸口にふいにおとずれても眠りの邪魔をしないで。

わが眠りよ、たいせつな眠りよ、そのひとのひとふれを待ち、消えてゆくのを待つだけの眠りよ。閉じたわが目よ、眠りの暗がりにあらわれる夢のように、そのひとが目の前にたつとき、わがまぶたはそのひとの微笑みの光にひらくのだ。

そのひとを、あらゆる光の、あらゆる形の最初のものとしてわが目のまえにあらわれさせたまえ。そのひとの眼ざしがそそがれ、わたしの目ざめた心の奥底に最初の喜びがふるいたちますように。そしてわたしがわたし自身にかえることが、すなわち、その人にかえることとなりますように。

― 48 ―

無言の朝の海が、小鳥たちの歌のさざなみとなってはじけた。花たちは路ばたで陽気にさきみだれていた。黄金のたからが雲間からばらまかれたが、わたしたちは先をいそぐばかりで、気にとめるものなどいなかった。

わたしたちは晴れやかな歌もうたわず、遊ぶこともなく、取引のために村へ行ったりもしなかった。わたしたちはひとこともしゃべらず、わらいもせず、ぶらぶらと道草をすることもなかった。時間が早足に過ぎてゆけばゆくほど、それに応じて速度をはやめた。

太陽が中天にのぼり、木陰で鳩が鳴いていた。枯れ葉が舞いあがって、昼の熱暑にくるくると渦まいた。牧童たちはバンヤンの樹下でまどろみ、夢をみていた。わたしは水のほとりに横になって、草の上に疲れた手足をのばした。

わが仲間たちはわたしを軽蔑してわらい、頭を高くあげて先をいそいだ。休まず、うしろを振りかえらず、青くかすむ靄のなかに消えさった。かれらはいくつもの野をこえ丘をこえて未知の遠い国々を通りぬけて行った。きみたちに栄光あれ、果てしなき道を行く雄々しき者よ。あざけりと非難に一刺しされてわたしは立ち上がろうとしたが、わが身になにも起こらなかった。屈辱という深みに身をまかせたままほっとして、かすかな喜びのかげで、じぶんに見切りをつけた。

陽光にふちどられた緑の影の安らぎが、わが心にゆっくりとひろがった。なにをもとめて旅をしてきたのかをわすれ、わたしは何の苦もなく精神《こころ》を影と歌の迷宮にゆだねた。

ついに、わたしがまどろみから覚めて目をみひらくと、あなたがそばに立っておられた。わが眠りはあなたの微笑みでみちあふれていたと知った。道は長く、きつく、あなたのもとを目ざす困難なたたかいをわたしがどれほどおそれていたかしれないというのに。

あなたはみ座よりおりて、わが粗末な戸口に立った。

わたしはたったひとり、隅っこにすわって歌をうたっていた。その音があなたの耳にとどいたのだ。あなたはみ座よりおりて、わが粗末な戸口に立った。

あなたの集いには大勢の名手たちがあつまって、ひねもす歌がなりひびく。けれど、この初心者のうたう素朴な歌があなたの愛にふれた。ひとつのささやかな質素な調べがこの世の大いなる音楽ととけあい、そのしるしに一茎の花を手にもち、あなたはわが粗末な戸口にたちどまった。

―― 50 ――

わたしは村の小道を一軒一軒、門付けをして歩いていた。すると遠くのほうに、あなたの金の花馬車が華やかな夢のようにあらわれた。あらゆる王のなかの、この王さまはだれなのかしらと、その不思議さにわたしはうたれた。

望みはふくらみ、わたしの悪しき日々はおしまいなのだとおもった。もとめずとも施しがあたえられると期待して、宝があたりいちめん、土ほこりにばらまかれるときを待って立っていた。

わたしが立っているところに馬車がとまった。あなたの眼ざしがわたしにそそがれ、あなたは微笑みながらおりて来た。ついに一生の幸運がわたしのところに来たのだとおもった。すると突然、あなたは右手をだして「わたしに何をくれるのか」と問うた。

乞食に物乞いの手をさしだすとは、なんと王さまらしい冗談なのだろうかと、わたしはひどく面くらい、どうするべきか決めかねたが、小さいトウモロコシの一粒を袋からだして、おずおずとさしだした。

だが、日の終わりに袋のなかみを床にあけると、一日のとぼしい施しもののなかに小さな金の粒がまじっていたのだ。わたしはひどく泣いて、わたしのすべてをあなたにさしだす心さえあったならと悲しんだ。

―― 51 ――

夜になり暗くなった。一日の仕事はおわった。われらはおもった、今夜はもう客は来ないと。村のどの家も戸をしめた。それでも、王さまがおいでになる、という者がいた。われらはわらって「そんなこと、あるはずがない」といった。

戸をたたく音がしたようだった。われらはみな、風の音だといった。ランプを消して眠りについた。それでも「使いが来た」という者がいた。みながわらった。「ちがうよ、あれは風だよ」といった。

深夜、音がした。うとうとしながら、われらはおもった、遠いところで雷が鳴っていると。地面がゆれ、壁がぐらぐらして、われらの眠りがさまたげられた。車輪の音だという者がいた。われらは寝ぼけた声でぶつぶついった。「ちがうよ、雷の音だ」と。

夜はまだ暗かったが、太鼓がひびきわたった。声があがった。「起きろ。おくれてはならない」。われらは胸に手をおしあて恐ろしさにふるえた。「見ろ、王さまの旗だ」という者たちがいた。われらは立ちあがって叫んだ、「ぐずぐずしているひまはない」。

王さまが来られた。だが灯りはどこだ、花輪はどこだ。王さまの玉座はどこだ。なんてことだ、ものすごく恥ずかしい。広間はどこか、飾りはどこだ。ある者がいった、「叫んでもむだだよ。からっぽの手でおむかえして、がらんとした部屋にはいっていただこう」

戸をあけろ、ほら貝を吹きならせ。この夜の深みに、暗く、わびしい、われらの家の王さまがお出でになった。暗闇が灯りにふるえた。さあ、ぼろの敷物をもってきたまえ。それを中庭に敷こう。嵐とともに突然、われらの恐ろしい夜の王さまがお出でになった。

—— 52 ——

わたしはほしかった、あなたの首をかざるバラの花輪を。だが、それをもとめる勇気がなかった。わたしはあなたが出立する朝を待った。寝台に花びらがいくつかのこっているのではないかとおもって。そして夜明けに、こぼれおちた花びらの一片か二片をくるおしい気持ちでさがした。

そうして、わたしは何をみつけるのだろう。愛の、どんなしるしがのこされていたというのか。花でもなく、香料でもなく、ひとびんの精油でもなく。それは、あなたの力強い剣であった。炎のようにひらめき、雷のごとく重厚な。

初々しい光が窓からさしこみ、あなたの寝台にあふれた。朝の小鳥たちがうたいながら問う、「女のひとよ、あなたは何をもらったの」。それは、花でもなく、香料でもなく、精油でもなく、それはあなたの恐ろしい剣なのだ。

わたしはじっとすわって思いなやむ、あなたのこの贈りものはいったい何なのかと。隠す場所もなければ、弱いわたしが身につけるのはいかにもそぐわない、まして胸におしあてれば傷を負うだろう。けれど、あなたの贈りものを、苦しみの荷を負う誉れとして、わが心に抱いてゆこう。

この世の恐れはのこらず消えて、あなたはわが争いのすべてに勝利をもたらすだろう。わが友としてあなたは、わたしに死をのこした。死に、わがいのちの冠をあたえよう。この剣は、わたしの束縛を断ちきって、この世にわたしに恐いものはない。

きょうからわたしはつまらない飾りをすべて捨てさろう。わが心の主よ、部屋のすみで泣いて待つばかりというようなことはもうありません。愛らしくふるまうこともない。あなたはわたしに、あなたの剣という飾りをさずけた。わたしにはもう人形の飾りはふさわしくない。

—53—

あなたの腕輪はうつくしい、星々がちりばめられ、無数の色の宝石が巧みにはめこまれている。だが、もっとうつくしいのはあなたの刀だ。稲妻の曲線をもち、ヴィシュヌの聖なる鳥がひろげた両翼をおもわせるその三日月刀は。落日の燃えたつ憤怒の赤い光と完璧につり合う。

それは、死の最後の一撃をうけて痛苦の絶頂にたっし、生命の終局の反応をしめすかのようにふるえ、ひとすじの鋭い閃光とともに地上の感覚を焼きつくす純粋な炎とかがやく。

あなたの腕輪はうつくしい、星々をおもわせる宝石がちりばめられて。だが、あなたの刀は、ながめてもかんがえても恐ろしい最高の美でつくられている。

—— 54 ——

わたしはあなたに何ももとめなかった。あなたの耳にわたしの名をつげてもいない。あなたが立ちさるとき、わたしは無言で立っていた。わたしはぽつねんと井戸のそばにいた。木の影がななめに傾き、水をくみにやってきた女たちが茶いろの土の甕《かめ》に水をみたしては家へ帰っていった。女たちは口ぐちにわたしに呼びかけた。「いっしょにおいでよ、もうじきお昼よ」といって。けれどわたしはものおもいにふけるばかりだった。

あなたが来られたとき、その足音をわたしは聞かなかった。あなたは悲しげなまなざしをわたしにむけた。あなたの声は力なく、小声でわたしに話しかけた。「旅人です、のどが渇いています」と。わたしは昼間の夢から立ち上がって、合わせられたあなたの双手に、甕から水をそそいだ。頭上で木の葉がささやかに音をたてていた。コーキラ鳥の歌が、どこか目に見えない暗がりからきこえた。バブラ樹の花の芳香が、村の道のゆるやかな曲がりかどからただよっていた。

あなたがわたしの名をたずねたとき、わたしは恥ずかしくて黙って立っていた。ほんとうにあなたがわたしのことを忘れないような、いったい何をわたしがしたというのでしょうか。けれども、のどの渇きをいやすためにあなたの双手に水をそそいだという記憶が、わたしの心にとどまって、その甘美さで心をつつんでいた。朝の時刻はとうに過ぎて、小鳥がつかれた声でうたっている。頭上でニーム樹の木の葉がさらさらとゆれ、すわったまま、わたしのおもいもゆれつづける。

― 55 ―

きみの心は物憂げで、きみの目にはいまもまどろみがのこる。

花が、茨のなかに咲きほこるっていう話はまだ届いていないの。目をさませ、目をさましてくれ。時をむだにしないで。

石ころばかりの道の果て、未踏の孤独な国にわが友人がたったひとりですわっている。そのひとをあざむかないで。目をさませ、目をさましてくれ。

白昼の太陽熱で空があえいでふるえていたって、熱砂が渇きの覆いをひろげたって、それが何だっていうの。

きみの心の奥底によろこびはないの。きみが一歩一歩すすめば、苦しみの音楽のなかに、道の竪琴がやさしい音色をかなでないわけがない。

—— 56 ——

こうしてあなたの喜びは、わたしのなかにみちている。こうしてあなたはわたしのところに降りてこられた。あらゆる天の主たるあなたよ、もしわたしが存在しなかったら、あなたの愛はどこにあるのか。あなたはわたしを、このすべての富の伴侶としてえらばれた。わが心のなかに、あなたのよろこびの無限の戯れがある。わたしの生命のなかに、つねにあなたの意志がかたちをとってあらわれる。そしてこのために、王のなかの王たるあなたは、あなた自身をうつくしく飾って、わたしの心を魅了した。そしてこのために、あなたの愛は、あなたの愛する者の愛のうちにとけこむ。二者の完全な結合のなかにあなたはあらわれたまう。

—— 57 ——

光よ、わが光よ、世界にみちる光よ、目に口づけする光よ、心を甘美にする光よ。

光はおどる、いとしきわが光よ、わが生命のまんなかで。光はわが愛の調べをかなでる。

いとしきものよ、空は大きくひろがり、風は自在に吹き、笑い声は地上をかけめぐる。

蝶たちは光の海に帆をあげて出立する。百合やジャスミンが光の波頭にゆれる。

光は雲のひとつひとつに金の粉となってくだけ、宝石をゆたかにまきちらす。

わが愛するものよ、陽気なさんざめきが、木の葉から木の葉へとつたわり、はかりしれないよろこびとなる。天空の河はその河岸を水にしずめ、よろこびの洪水となってあふれ出る。

—— 58 ——

ベンガル語本 134

あらゆるよろこびが、わたしの最後の歌にとけてゆきますように。そのよろこびが地上をうるおして草をいきいきとさせ、そのよろこびが広い世界のなかに生と死という双子の兄弟たちを踊らせ、そのよろこびが嵐とともに吹きまくってあらゆる生命を揺さぶって目ざめさせ、そのよろこびが花弁をひらいた苦の紅蓮のうえに涙とともに無言ですわり、そのよろこびが塵のうえにすべてを投げ出し、そのよろこびはその言葉さえしらない。

—— 59 ——

これがあなたの愛だとわたしは知っている、愛するわが心のひとよ、木の葉のうえで踊るこの金色の光、空をただよう気だるい雲のむれ、わたしの額に冷涼をはこんでは通りすぎるそよ風。

朝の光が洪水のようにわが目にあふれた。これが、わが心へのあなたからの言づて。あなたは上方からみ面を近づけ、あなたの目はわが目をみおろす。そしてわが心はあなたのみ足にふれた。

――60――

果てしない世界の海辺に子どもたちはつどう。無窮の空は頭上でうごかず、水はやすみなくゆれている。果てしない世界の海辺に、歓声をあげ踊りまわって、子どもたちはつどう。

子どもたちは砂で家をこしらえ、貝がらであそぶ。落ち葉でいくつも舟をあみ、ほほえみながら広い水の深みに舟をうかべる。子どもたちは世界の海辺で子どものあそびをたのしむ。

子どもたちは泳ぎかたを知らない、網の打ちかたを知らない。真珠とりは真珠をもとめて海にもぐり、商人《あきんど》たちは船をしたてて海をわたる。子どもたちは小石をあつめ、また、小石をまきちらす。子どもたちは隠された財宝をもとめず、網の打ちかたも知らない。

海は大わらいして波立ち、砂浜のほほえみが淡くかすかにひかる。死の商いをする波は、母が赤ん坊のゆりかごを揺らすときのように、意味のない歌をうたってきかせる。海は子どもたちとたわむれ、砂浜のほほえみは淡くかすかにひかる。

果てしない世界の海辺に子どもたちはつどう。嵐は道なき空をさまよい、船は跡をのこさない大海に沈み、死はどこにでもあり、子どもたちはあそびつづける。果てしない世界の海辺に子どもたちの大きなつどいがある。

——61——

赤ちゃんの目にそっとおとずれる眠りがどこからやって来るのか、だれか知っているかしら。うわさによれば眠りのすみかは妖精の村で、ツチボタルのかすかな光だけの森の木かげに、魔法のちいさな蕾が二つあるのだとか。そこから眠りがやって来て赤ちゃんの目にキスをするのです。

赤ちゃんが眠っているとき、くちびるにほのかに浮かぶ笑みが、どこで生まれたのか、だれか知っているかしら。うわさによると、若い三日月の青白い光が、消えゆく秋の雲のふちにふれたとき、朝露の夢のなかに最初のほほえみが生まれたのだとか。それで赤ちゃんがねむっていると、くちびるに笑みがうかぶのです。

赤ちゃんの手足にあふれる甘やかな初々しさは、いったいどこに長いことかくされていたのか、だれか知っているかしら。そう、お母さんがまだ若いむすめだったときに、それは愛の無言の神秘のなかで、心の奥底をやさしくみたしていたのです、赤ちゃんの手足にあふれるその甘やかな初々しさは。

——62——

わが子よ、わたしがおまえに色とりどりのおもちゃをもってくるときに、わかるんだよ。雲や水になぜこんなにたくさん色のあそびがあるのか、どうして花はいろんな色合いでそめられているのかを。わが子よ、おまえに色とりどりのおもちゃをもってくるときに。

おまえを踊らせようと歌をうたうときに、どうして木の葉に音楽があるのか、なぜ、さざ波が歌をうたっては、耳をかたむける大地の心に歌をおくってくるのか、わたしは気づくのだ、おまえを踊らせようと歌をうたうときに。

おまえの、ほしがり屋の手にお菓子をわたすとき、わかるよ。なぜ花の芯に蜜がかくれているのか、なぜ果物がひそかに甘い果汁にみちているのか、わかるんだ、おまえのほしがり屋の手にお菓子をわたすときに。

おまえの顔に口づけをしておまえがにこにこすると、いとしい子よ、わたしはほんとうにわかるよ、朝の光のなかに空からそそがれるよろこびがどれほど最上のものか、わたしの体をつつむ夏の風がどれほど心地よいかを。おまえの顔に口づけをしておまえがにこにこすると。

――63――

あなたは、まえには知らなかった友人たちにあわせてくださった。あなたは、わたしのものではない幾つもの家に居場所をあたえてくださった。あなたは遠いものを近しいものにし、見知らぬ人を同胞にしてくださった。

わたしが慣れしたしんだ宿から去ってゆかねばならぬとき、わたしの心は落ち着かない。わたしはわすれている、新しいところで古いものが待ち、あなたもまたそこにいたまうことを。

生と死を通じて、この世にもあるいはまたべつの世にも、そのどこであってもあなたはわたしをみちびいて、つねにわが心と見知らぬものとの喜びの結びつきをもたらす。それが、わが無限の生命のただひとりの伴侶、すなわちあなたなのだ。

ひとがあなたを知るとき、よそものは消え、どの扉もひらかれる。多くの人びととの戯れのなかで、その一者のひとふれという祝福をうしなうことがないように。この祈りを叶えてください。

―― 64 ――

草のおいしげる、わびしい河べりの斜面で、わたしはそのひとにたずねた。

「娘さん、灯りを上衣でおおってどこへ行くの。わたしの家は真っ暗で心ぼそい。灯りをかしてもらえませんか」

娘は一瞬、その黒い瞳をあげて、うす暗がりを通してわたしの顔を見た。

「暗くなったら、河に灯明をながすのです」

わたしは丈の高い草のなかに立ち、たよりなげな灯明がむなしく波間にただようのをながめた。夜の静寂のなかでわたしはいった。

「娘さん、きみの灯りはみなともされて、それでいてあなたは灯りをどうしようっていうの。わたしの家は真っ暗で心ぼそい。灯りをかしてもらえませんか」

娘は黒い瞳をあげ、いぶかしそうにわたしを見て、ついに明かした。

「灯りは空にささげるためです」

わたしは立ちつくし、いたずらに虚空にもえる灯りをみつめた。

月のない夜の暗がりのなかで、わたしはいった。

「胸に灯りを抱いて、それで何がもとめられるというの。わたしの家は真っ暗で心ぼそい。灯りをかしてもらえませんか」

娘はちょっと立ち止まって考えてから、暗がりのなかでわたしの顔をみつめた。

「灯りをもってきたのは、灯明のお祭りをするためです」

わたしは立ちつくしたまま、娘の小さな灯りが、かずかずの灯りのなかに空しく見えなくなってゆくのをながめていた。

― 65 ―

わが神よ、あなたはどのような神の飲みものをめされるのか、わたしのこの生命みちる盃から。

わが詩人よ、あなたはあなたの創造物をわたしの目を通して見、わたしの耳もとに立ってそれをあなた自身の永久《とわ》の調和のなかに聞き入りたまう、それがあなたのよろこびなのか。

あなたの世界はわたしの精神《こころ》のなかで言葉をつむぎ、あなたのよろこびがそれらの言葉に音楽をそえる。あなたは愛のなかであなたをあたえ、そうしてあなた自身のあらゆる優しさをわたしのなかに感じたまう。

―― 66 ――

彼女は、わが存在の深みにつねにあった、かすかな輝きと閃きの薄あかりのなかに。朝の光にも決してベールをとらない彼女は、わたしの名残りの歌につつまれて、あなたへの最後の贈り物となるだろう。

言葉ではまだ彼女を説きふせられない、熱心に言葉をくりかえしても、説得はいまだにみのっていない。

わたしの心の奥底に彼女はいて、いつもともに国から国へとまわり巡ってきたのだった。彼女を中心にしてわが一生はやしなわれ、ときには力をなくした。

わたしの思考と行動、わたしのまどろみと夢を支配してなお、彼女は孤独に住んで離れている。

人びとは彼女をもとめて、わが家の戸をたたく。だが得られずに落胆して帰っていった。まっすぐに向かいあって彼女を見たものは、この世にひとりとしていない。彼女はただ、あなたにみとめられる時をいつまでも待ちつづける。

67

あなたは空だ。そして巣である。

あなたはうつくしい。巣にあるのはあなたの愛で、そこにあなたは魂を、色、音、香りでつつみこむ。

朝がその右手に花輪をはこぶ金の籠を持って来て、しずかに地上を花輪でおおう。

それから夕方になると、その金色の甕いっぱいに静寂という冷涼な水薬がもたらされる。

それは西方の安らぎの大海原から、道なき道をはこばれて、家畜の群れの去った淋しい野をみたす。

けれど、魂が飛翔する無窮の空がひろがるところでは、純白無垢のかがやきが支配する。

そこには昼も夜もなく、形も色もなく、さらに言葉はまったくない。

―― 68 ――

あなたの陽光が腕を長くのばして、わたしのこの地上におとずれる。そしてずっとわが戸口に立たずみ、夕暮れになると、わたしの涙とため息と歌でできた雲をあなたの足もとにもちかえる。

あなたは喜々としていとおしみ、あなたの星明かりにあふれる胸を、霧にみちた雲の外套でつつんで、それを数知れぬ形や層へと転じさせつつ、つねに変化をやめない色合いで染めあげる。

それはあまりに軽やかで、あまりにとらえがたく、やさしく、悲しく、暗いので、いっそうあなたはそれを愛したまう。けがれなく、すみきった、あなたよ。それゆえあなたは、すさまじい白い光を、その悲しい影でおおいたまう。

—— 69 ——

昼となく夜となくわたしの血管にかよう、おなじ生命のながれが世界じゅうをながれ、リズムをあわせて踊っている。

おなじ生命が、よろこびのなかで地上の塵を通りぬけて数知れぬ草の葉にとどき、花や葉のにぎやかな波動となってあふれる。

おなじ生命が、大海原の満ち潮と引き潮となって、生と死の揺りかごのなかでゆられている。

わたしは感じる、わが四肢がこの生命の世界にふれることによって輝かしいものにされるのを。この一瞬に、時を超えて打つ生命の鼓動がわが血潮のなかで踊っている、そのことをわたしは誇らしくおもう。

このリズムの楽しさをよろこび、酔いしれるのはきみには無理ですか。この怖いようなよろこびの渦になげこまれ、われをわすれてくだけるのは。

あらゆるものが先へといそぎ、止まろうともせず、うしろを振りむかず、どんな力も引きとめられず、ただ先へとすすむ。

あの休みない、急速な音楽と歩をあわせて、季節は踊りながらやって来ては去っていく。色、調べ、芳香は、あふれんばかりのよろこびに、果てのない滝のようにくだけては、刹那せつなにひろがり、つぎへ明けわたしては消えてゆく。

―― 71 ――

わたしの多くをわたしはそだてあげ、それをあらゆる側面にさしむける、こうしてあなたの輝きに色彩を投影することになる。これがあなたの愛《マーヤー》なのだ。

あなたは自身の存在のなかに隔てをもうけていて、あなたの分身を無数の音色のなかに呼びいれる。こうしてあなたの分身が、わたしのなかに具現されたのだ。

別離をかなしむ歌は空じゅうにひろがり、色とりどりの涙、笑い、驚き、希望のなかにひびきわたる。波はたかまり、またくだけおち、夢はやぶれ、また生まれる。あなた自身の敗北はわたしのなかに具現される。

あなたがかかげたとばりには、夜と昼の絵筆で無数のかたちがえがかれている。そのうしろにあなたの座があり、それは驚くような神秘の曲線で織り上げられ、あじわいのない直線は捨てられている。

あなたとわたしの大いなる劇場は空いちめんにひろがった。空間はすべて、あなたとわたしの音色でひびきあい、世代をこえて時はあまねく、あなたとわたしの隠れん坊で過ぎてゆく。

—— 72 ——

あのかたは最奥のひとであり、深く密かにふれては、わたしの存在を目ざめさせる。

あのかたは、この目を魅惑し、苦と楽のさまざまなリズムで、わが心の琴糸を楽しくかきならしたまう。

金や銀、青や緑のつかの間の色合いで、この愛《マーヤー》の織布をつむぐのはあのかたであり、その襞からみ足をのぞかせ、わたしはそれにふれてわれをわすれる。

日々はおとずれ、世代は過ぎゆくが、つねに多くの名で、多くの装いで、多くの喜びと悲しみで魅惑して、わが心をうごかすのはあのかたなのだ。

―― 73 ――

わたしにとって解脱は、現世への無関心ではないのです。わたしは、よろこびのもたらす無数の束縛のなかにあるときに、解放されていると感じるのです。

あなたはつねに、わたしというこの土の器に、種々の色と香のあなたの新鮮なワインをなみなみとそそぎたまう。

わが世界は、あなたの炎でその数多くのとりどりのランプをともし、あなたの寺院の祭壇にならべます。

そう、わたしはわが感覚の扉をけっして閉じないでしょう。見て、聞いて、触れて感じるよろこびは、あなたのよろこびを生むのです。

わたしの幻想は、よろこびの輝きとなって燃えあがり、わたしの欲望はすべて愛の果実となってみのるでしょう。

── 74 ──

日は落ち、影が大地をおおう。わが水がめをみたすため、河へ出かける時が来た。

黄昏の大気は、水の悲しげな音色にじっと耳をかたむけている。わたしは薄闇のほうへと誘いだされる。淋しい小道をたどるひとはなく、風が出て、河はあらあらしく小波をたてている。

わたしは家にもどるだろうか、わからない。わたしはだれに会うのか、わからない。河の浅瀬に小さな舟があり、見知らぬひとがリュートをかなでている。

——75——

あなたの贈りものは、われわれ死すべきものたちが必要とするすべてをみたし、そしてなお、そのままあなたのもとにかえっていきます。

河は、なすべき日々の仕事をもち、足早に小さな村や田畑をぬってながれ、しかもその絶え間ない水の流れはうねりながら、ついにはあなたのみ足に打ちよせます。

花はその芳香で大気をかおりたたせ、そして最後のつとめは、花みずからをあなたに捧げることなのです。

あなたへの礼拝は、世界をまずしくすることはありません。

詩人の言葉から人びとは、かれらの気に入る意味をうけとりますが、それでもそれらの最後の意味は、あなたに向けられているのです。

―― 76 ――

来る日も来る日も、わが生命の主よ、わたしはあなたと向かいあって立ちましょう。あまねき世界の創造主よ、あなたのまえに双手を合わせ、わたしは向かいあって立ちましょう。

あなたの孤独と沈黙のなか大いなる空のもとで、謙虚な心であなたと向かいあって立ちましょう。

あなたのこの難儀な世界は、努力とたたかいがせめぎ合っているけれど、先をあらそう人びとのなかにあっても、わたしはあなたと向かいあって立ちましょう。

そしてこの世界でわが仕事を終えるとき、王のなかの王よ、たったひとり無言で、わたしはあなたのまえに向かいあって立ちましょう。

—— 77 ——

ベンガル語本 92

わたしはあなたをわが神と知って離れて立っているが、あなたがわたし自身であると知らず、近づこうともしない。わたしはあなたのことをわが父とわかっていて、その足もとに頭を垂れるけれど、あなたをわが友として手をとろうともしない。

あなたがやって来てあなた自身をわたしのものとしてみとめたまう場所に、あなたをわが同志としてこの胸に抱きしめる場所に、わたしは立っていない。

あなたはわが同胞たちのなかの同胞。けれどわたしは同胞たちを気にとめず、得たものを同胞たちと分けることもなく、それゆえにあなたと分かちあうこともない。

喜びにも苦しみにも、わたしはかれらのそばに立っていない、それゆえにあなたのそばにも立っていないのだ。わたしはこの生命を投げだすことをしりごみし、それゆえに生命の大いなる水のなかに飛び込めないでいる。

——78——

創造があたらしくあらわれ、あらゆる星がその最初の光彩にかがやいたとき、神々は天空でつどい、うたった。

「なんという完ぺきな図だろう。完全無欠のよろこびに栄光あれ」

だが、突然叫ぶ者がいた。

「どこかで光の鎖がはずれて、星がひとつ消えたようです」

かれらの竪琴の金の糸がぷつんと切れて、歌はやんだ。かれらはうろたえて叫んだ。

「ああ、消えた星は最高の星だった、彼女はあらゆる天界の誉れであった」

その日から彼女をもとめて休みのない捜索がはじまり、「世界はたったひとつのよろこびをうしなった」という嘆きの声がつぎつぎにあがるのだ。

夜の深い静けさのなかで星たちはほほえみ、ささやきあう。

「さがしたって意味がないでしょうに。無欠の完全さは、不完全もおおいつくして存在します」

―― 79 ――

この人生においてあなたに会えないのが定めなら、あなたを見うしなったことをわたしが片ときも忘れないようにと祈ります。目ざめていても夢のなかでも、この悲しみをわたしが持ちつづけますように。

わたしの日々が、この世の混雑した市場で過ぎてゆき、わが双手をみたすほどの一日の利益があるときも、わたしが何も得られなかったと感じさせてください。目ざめていても夢のなかでも、この悲しみをわたしが持ちつづけますように。

わたしが疲れきって、力なく道端にすわりこみ、土に寝床をのべるとき、長い旅がまだつづくことをわたしに気づかせていてください。わたしが片ときも忘れないように、目ざめていても夢のなかでも、この悲しみのつらさを持ちつづけますように。

どの部屋もみな飾りつけられ、笛がひびき、笑い声が高くあがるとき、わたしがわが家にあなたを呼ばなかったことをつねに感じさせてください。わたしが片ときも忘れないよう、この悲しみのつらさを目ざめていても夢のなかでもわたしが持ちつづけますように。

—80—

わたしは、秋の名ごりの雲が空をただようように、あてもなくさまよう、つねに輝かしいわが太陽よ。あなたのひとふれは、まだわたしの蒸気をとかしていないし、あなたの光とひとつになっていない。こうしてわたしはあなたと離れている歳月をかぞえている。

もしもこれがあなたの望みであり、戯れであるというのなら、この空虚なはかなさを取り上げて、色をぬり、金めっきをほどこし、気まぐれな風にのせて浮かべ、それをさまざまな不思議なすがたにひろげたまえ。

そしてまた夜になって、この戯れを終わりにするのがあなたの望みであるならば、わたしはとけて暗闇のなかに消えてゆくだろう。さもなくば、白い朝のほほえみのなかに、あるいは純粋透明の冷涼へと消えてゆくのかもしれない。

—— 81 ——

いく日も怠惰な日をかさねて、わたしは失われた時をおもって悔やんだ。けれども、わが主よ、時は決して失われたのではない。あなたはあなた自身の手のなかに、わが生命の刹那せつなをとりあげた。

物事の奥深くひっそりとかくれ、あなたは種子を芽のなかへ、蕾を花へとやしないそだて、そして花が熟して果実をみのらせた。

わたしはつかれて怠惰な寝床にねむり、仕事はすべて終わってしまったとおもった。けれど朝、起きてみるとわたしの庭は花の奇跡であふれていたのだった。

―― 82 ――

時はあなたの手のなかで無限だ、わが主よ。あなたの分秒を数えるひとはいない。

日と夜が過ぎゆき、世代が花のように咲いては枯れる。あなたは待つことを知りたまう。

あなたの幾つもの世紀は、ちいさな一茎の野の花を完全なものにつくりあげる。

われわれには時をうしなう余裕すらないので、たがいに好機をうばいあわずにはいられない。われわれにとって時は、遅くなってしまうこともないほど短いのだ。

そしてこのように時は過ぎてゆくのだが、それに文句をいう一人ひとりにわたしは時をあたえてしまい、あなたの祭壇にはいつまでも捧げものはなにひとつない。

日の終わりにあなたの門が閉じられるのではないかとわたしは怖れていそぐのだが、それでもなお時はあると気づく。

—— 83 ——

母よ、悲しみにこぼれるわが涙をつないで、あなたのうなじにかける真珠の首かざりをあみましょう。

星々が、あなたのみ足をかざる光の足かざりをつくったように、わたしの首かざりはあなたのみ胸をかざるでしょう。

富と名声はあなたからもたらされる。それらを与えるのも与えないのもあなたしだいだ。しかしこの、わが悲しみは完全にわたし自身のものであり、捧げものとしてそれをあなたに差しだすとき、あなたはあなたの恵みでわたしにこたえてくださる。

——84——

世界にあまねくひろがり、無窮の空に無数のすがたを生みだすのは別離の悲しみである。この悲しみが無言で、夜もすがら星々のまたたきに見いるのであり、雨の降りしきる雨季の暗がりにざわめく木の葉の音に、詩をよびおこすのである。

あまねくひろがるこの悲しみは、ひとの家にあって愛と欲望となり、苦痛と喜びへと深まってゆく。そして、この別離の悲しみが、詩人であるわが心のなかで歌となってとけてゆく。

——85——

戦士たちが、かれらの主人の館から初めて出てきたとき、かれらはその力をどこに隠していたのか。かれらの甲冑は、かれらの武器はどこにあったのか。

かれらは貧しく、力なく見えた。かれらをめがけて矢が雨のように降りそそいだ。かれらが主人の館から出て来た、その日に。

戦士たちがふたたび行進しながら主人の館にもどり帰ったとき、かれらはその力をどこに隠したのか。

かれらは剣をおろし、弓矢をぬぎすてた。かれらの額に静寂があった。そして、かれらの生涯の果実をのこして去っていった。かれらが主人の館にふたたびもどった、その日に。

——86——

あなたのしもべである死が、わが戸口にいる。未知の海をこえて、あなたからの呼び出しをわが家につたえに来た。

夜は暗く、わたしの心はおびえている。それでもわたしはランプをとって扉をあけ、一礼をしてむかえよう。戸口に立っているのはあなたの使者だ。

わたしは手を合わせ、涙をうかべて礼拝しよう。そしてかれの足もとにわが心のたからものを置いて礼拝しよう。

かれは役目をおえて帰ってゆくだろう、わが朝に暗い影をのこして。そしてこのさびしい家に、孤独なじぶん自身があなたへの最後の捧げものとしてのこされるだろう。

—87—

望みのない期待で、わたしは部屋のすみずみまで彼女をさがす。けれども見つけられない。

わが家はちいさく、一度そこから去ってしまったものは、二度と取り返しがきかない。だが、主よ、あなたの館は限りなくひろい。彼女をさがしているうちにわたしはあなたの戸口までやって来た。

夕空の金色の天蓋の下にたち、目をあげてあなたのみ面を一心に見つめている。そこから何ひとつ消えさることのない、永遠の淵までわたしは来たのだ。希望も、幸福も、涙のうちに見えた面影もここでは失われることがない。

わたしのこの空ろないのちを海にひたし、そのもっとも深いところの豊饒のなかにしずめてください。宇宙全体のなかで、うしなわれた甘美な感触を今いちどだけ、わたしにあたえてください。

—— 88 ——

荒れはてた寺院の神よ。ヴィーナの切れた糸はもはや、あなたの誉め歌をうたわない。夕暮れの鐘は、あなたの礼拝の時を告げてはくれない。あなたのまわりの大気は微動だにせず、沈黙している。

あなたのわびしき家に、気まぐれな春のそよ風が吹いてくる。風は花々のたよりを伝えてくれるが、花々はもはやあなたの礼拝に捧げられることはない。

あなたのふるくからの礼拝者は、拒まれてもなお、恵みをもとめて巡りあるく。夕暮れに、火と影が、土ほこりの暗がりとまじりあうころ、そのひとは心のひもじさに荒れはてた寺院にもどってくる。数多くの祭日が、荒れはてた寺院の神よ、あなたのところにひっそりとおとずれる。数多くの礼拝の夜が、ランプに灯をともされることもなく過ぎてゆく。

数多くの新しい神像が巧みな芸術の巨匠たちによってつくられ、その時が来れば、忘却の聖なる河にながされる。

荒れはてた寺院の神だけが礼拝もされず、とわに見すてられたままにある。

―― 89 ――

きみはもう、騒々しい大声を出してはならぬ、それがわが主のみこころだ。それゆえわたしは囁きのなかでつたえよう。わが心の言葉は、歌の囁きのなかにほとばしることだろう。

人びとは王の市場へといそぐ。売り手も買い手もみなそこに集まる。しかしわたしは仕事の只中で、日のさなか時機もわきまえずに、いとまをとってしまう。

その時はまだだけれど、わたしの庭に花々が咲きますように。そして日なかの蜜蜂たちがけだるい羽音をたてますように。

善と悪のたたかいにわたしは多くの時を過ごした。けれど今は、わたしの空しい日々の遊び相手がわたしの心を引きよせる。そして、いったいなぜ不意に、この無益でつじつまのあわないことへと招きよせられるのか、わたしはわからない。

――90――

死がきみの戸口をたたくときに、きみは彼に何をさしだすつもりですか。

わたしは客人のまえに、わが生命のあふれる器をそなえよう。手ぶらでかれを帰すつもりはない。

わが夏の夜と秋の日々にみのった甘い葡萄のすべてを、わたしの多忙な生涯の収穫と落穂のすべてを彼のまえに捧げよう。死がわたしの戸口をたたいて、わが日々がおわるときに。

――91――

生涯の最後の完成である死よ、わが死よ、わたしのところに来て、ささやいておくれ。

来る日も来る日もわたしはあなたを待ちうけて見張っていた。あなたのために生命の喜びと痛みに耐えてきた。

わたしが存在することのすべて、所有するものすべて、希望するものすべて、わが愛のすべてが密かな深みで、いつもあなたのほうへと向かっていた。あなたの目からそそがれる最後のいちべつで、わたしの生命はあなた自身のものとなるだろう。

花々は編まれて、花婿のための花輪の用意はととのっている。結婚式がすめば花嫁は家をあとにして、夜の孤独のなかで彼女の主人に会うのだ。

― 92 ―

わたしは知っている、この地上を見る力をなくす日の来ることを。そしてわが目のうえに最後のとばりが引かれて、生命が無言のまま立ちさることを。それでも星々は夜っぴて見まもり、朝は前とかわらずに目をさます。時はきざみ、喜びと苦しみを海のうねりのように高くあげては打ちつける。

わが時の終焉をおもうとき、刹那せつなの区切りは破れさり、死という光に照らされた、失われる心配すらない宝にみちたあなたの世界をみる。その最も低い座も尊く、その最も卑しい生命も尊い。

わたしが心から求めて得られなかったもの、わたしが手に入れたもの、それらは消えてゆくにまかせよう。わたしにはただ、かつてわたしが拒んだもの、見過ごしたものだけを真に持たせたまえ。

——93——

わたしは行かなければなりません。さようなら、みなさん。あなたがたにお辞儀をして出て行きます。

部屋の鍵をおかえししましょう。わが家のすべての権利をおまかせします。ただ、わたしは最後にあなたがたから親切な言葉をききたいのです。

わたしたちは長いあいだ隣人どうしでした。差し上げるよりもっと多くのものをわたしは受けとりました。夜が明けました、わたしの暗い隅っこを照らしていたランプが消えました。呼び出しが来て、わたしには旅立つ用意ができています。

—— 94 ——

お別れするとき、わたしの幸運を祈ってくれたまえ、わが友人たちよ。空は暁のいろに染まり、行く道はうつくしい。

わたしに何をもっていくかきかないで。わたしは何ももたず、期待に胸をふくらませて出発する。

わたしは、わが結婚式の花輪をかけて行こう。旅人らしい赤茶けた衣を身につけるつもりはない。行く道に危険があろうとも、わたしの心に怖れはない。

旅がおしまいになると夕星がかがやき出て、王の城門から、黄昏の音調の悲しい音色がひびいて来るだろう。

——95——

この生命の敷居をこえて、わたしが初めてこの人生にやってきた瞬間をわたしは知らなかった。

深夜の森の蕾のように、この広大な神秘のなかにわたしを開かせた力は何であったのか。朝になり光を見あげて、わたしは一瞬のうちに感じた、この世界でわたしはよそ者ではないことを、そして名前も形もない深遠な存在がわたし自身の母となって、わたしをその腕に抱きあげてくれたことを。

そのように、さらに死においても、同じ見知らぬ深遠な存在があらわれるのだろう。だがすでにわたしが知っている者としてあらわれる。そしてわたしがこの人生を愛するように、死をも愛することを分かっている。

おさなごは、母の右の乳房から放されると泣き出すが、すぐに左の乳房を見つけてやすらぐのだ。

—96—

ベンガル語本 142

わたしが見たものは比べようもなくすばらしかった。わたしがここから立ち去るとき、これを別れの言葉とさせてください。

わたしは光の海にひろがる蓮華にかくされた花蜜を味わい、こうしてわたしは祝福をうけた。これを私の別れの言葉とさせてください。

限りない形をもったこの劇場で、わが役を果たし、こうしてわたしは形なきあのかたの姿をみた。

触れがたいあのかたの感触に、わが身も手足もふるえた。いま終わりのときが来るのなら終わりにさせたまえ。これをわたしの別れの言葉とさせてください。

―― 97 ――

あなたと遊んでいたころ、あなたは誰かと問うこともなかった。わたしは恥ずかしさも怖さも知らず、日々は陽気でさわがしかった。

明け方、あなたは友達みたいに寝ているわたしを呼びにきて、わたしを連れて林のなかを駆けまわった。

そのころ、あなたがうたう歌の意味を知りたいと思ったことはなかった。ただわたしの声がその調べをまねて、わたしの心がそのリズムに踊りだした。

いま、遊びはおわり、わたしの前に不意にあらわれたこの光景は何なのか。

世界はあなたのみ足に目をふせて、無言の星々とともに、畏れ敬うばかりに立ちつくしている。

——98——

あなたを、わが敗北のトロフィーと花輪でかざろう。負かされずに逃れることはわたしの力ではできないのだ。

わたしはよく知っている、プライドが壁にぶちあたるとき、つよい痛みにわが生命はこらえきれずはち切れて、うつろな心はよわい葦のような音ですすり泣き、石は涙にとけてゆくのを。

わたしはよく知っている、蓮華の百の花弁はいつまでも閉じられたままでいるわけはなく、その花蜜の秘密があらわになるのを。

青い空からじっと見つめる目があって、無言でわたしを呼び出すだろう。それが何であろうと何ひとつわたしにはのこされず、あなたの足もとでわたしは完全な死をうけとるのだ。

—— 99 ——

わたしが舵を手ばなすとき、あなたがそれを取りあげたまうときが来たとわたしは知る。なすべきことは、ただちになされるだろう。あらそっても無駄なのだ。

わが心よ、その手をはなして、おまえの敗北に黙って耐えよ。おまえが置かれたその場所に不動ですわっていられるだけで幸運なのだとかんがえて。

わたしのこれらのランプは、すこしでも風が吹けば消えてしまう。それらに灯をともそうとすれば、ほかのことをみなわすれてしまう、なんどもなんども。

だが、こんどはかしこくなろう。床にわたしの敷物をしいて、暗闇のなかでじっと待っていよう。そして、わが主よ、あなたのみ心のままにいつでも静かに来て、ここにおすわりください。

―― 100 ――

形なき完全な真珠をもとめて、わたしは形をもつ海の深みにもぐる。

港から港へと立ち寄り、風雨にもまれて古びた、わたしのこの船で航海するのはもうよそう。波に高くひくく揺さぶられて楽しんだ日々はとうに過ぎ去った。

そしていま、わたしは不死のなかに死ぬことを熱くもとめている。

底しれぬ淵にある音楽ホールに、音のない弦の楽曲が高らかにひびくとき、そこに、わが生命であるこの竪琴をわたしはたずさえてゆこう。

この竪琴を永遠の音調に合わせよう、そして、それがすすり泣きながら最後の音を立ておわるとき、静まりかえった竪琴を沈黙者の足もとに横たえよう。

—— 101 ——

ベンガル語本 132

この生涯をいつもわたしは歌によってあなたをさがしもとめてきた。戸口から戸口へとわたしをみちびいたのは歌だった。そして歌によってわたしは自身を感じ、わが世界を手さぐりでもとめたのであった。

わたしが学んだすべてを教えてくれたのは、わたしの歌だった。歌は秘密の小道をさししめし、わが心の地平線にかがやく多くの星々を見つめるようみちびいた。

歌は日がな一日、喜びと苦しみの国の神秘へとつれていき、そしてついに日が暮れて旅が終わりになったとき、わたしがつれて来られたのはどの宮殿の入り口であったのか。

—— 102 ——

みんなのまえでわたしは、あなたを知っていると自慢した。みんなはわたしの作品のなかにあなたのすがたを見る。かれらはわたしのところにやって来て問う。

「彼ってだれですか」

わたしはどう答えたらいいかわからない。わたしはいう。

「説明はできないんだ」

かれらはわたしを責めたて軽蔑して帰ってしまう。あなたはそこにすわってほほえんでいる。

わたしは歌のなかであなたのことをうたう。わが心からその秘密がほとばしり出る。かれらはまたわたしにたずねる。

「あなたが歌にこめる意味をはなしてください」

わたしはどう答えるべきかわからない。それで、

「歌が何を意味しているかなんて、だれも知りやしません」という。かれらはちょっとわらうが、ひどく軽蔑して帰ってしまう。そしてあなたはそこにすわってほほえんでいる。

―― 103 ――

ベンガル語本 148

あなたへのひとつの挨拶のなかに、神よ、わたしの感覚がひろがりゆき、あなたの足もとでこの世界を感じとれますように。

雨をたっぷりとふくんだ七月の雨雲が低くおりてくるように、あなたへのひとつの挨拶のうちに、わが心をあなたの扉に深くひざまずかせたまえ。

わが歌のさまざまなふしをみな、ひとつの流れにあつめ、あなたへのひとつの挨拶のなかで沈黙へと向かわしめよ。

家を一途にもとめるツルの群れが、山の巣をめざして昼も夜も飛びつづけるように、わがいのちがあなたへの挨拶のなかで、とわの家をめざして旅をつづけますように。

訳者あとがき

ラビンドラナートは一八六一年五月七日、英国統治下のインド・コルカタに生まれました。タゴール家は大規模なジョイント・ファミリーで、きわめて進取の気性に富む家風をもった一族でした。文学、音楽、思想にひいでた親族にかこまれてラビンドラナートは八歳の頃から詩をつくりはじめています。

詩人の父デベンドラナート・タゴールは宗教家として知られ当時ブラーフマ・サマージ（イェイツの序文訳注参照）の中心人物でした。詩人はその父から領地の管理を命じられて一八九〇年頃からシライドホ（現在バングラデシュ）で暮らすようになります。三十歳を目の前にしてラビンドラナートはベンガルの農村を知ります。シライドホの生活をとおして農民に深い共感をもち、パドマ河畔の大自然を愛して、その日々が『ギーターンジャリ』の数々の詩篇にいきいきとうたわれています。こうしてブラーフマ・サマージの中心であったタゴール家に生まれその影響を受けながらもラビンドラナートはしだいに独自の道をもとめるようになりました。そのあたりのことはオックスフォード大学での連続講演『人間の宗教』の「わが心のひと」で明確に述べています。コルカタの洗練された都会人ラビンドラナートにとってシライドホでの十年余りはこの上なく重要な意味をもっていると思います。

そしてその頃、愛する者をつぎつぎになくすという悲しみがラビンドラナートを襲いました。一九〇二年、妻ムリナリニが二十九歳の若さで病没し、さらに次女レヌカ、父デベンドラノート、次男ショミンドラが死去し、その悲しみをへて詩人は内面的サーダナー（精進、努力）を自身に問いかけるかのような詩歌集『ギーターンジャリ』をベンガル語であらわしたのです。『ギーターンジャリ』の冒頭部分には同じテーマであるとして前年頃の詩集から数篇を序曲のように取り入れ、そのあと一九〇九年の雨季から翌年の雨季まで集中して詩作がつづきます。詩作の日付から詩篇六二から最終詩篇一五七までの九十六詩篇はわずか九十日間（一九一〇年）のあいだに一気につくられたことが明らかです。

ベンガル語原文詩篇の多くに旋律がついていて、歌はいまなお人びとによってうたわれ、こよなく愛されています。歌は人びとの哀歓とともにあり、人びとの心深くきざまれてきました。原文が直截的で簡素な詩歌であることを考え、訳出にあたっては平易な現代語訳を心がけました。

つぎに英語散文詩集『歌の捧げもの』についてです。こちらも詩人は「ギーターンジャリ」と題して出版していますが、混乱のないよう訳者はタイトルとして副題を使うことにしました。

一九一二年五月、ラビンドラナートは英国へ向かい、船中で詩人はすでに着手していた『ギーターンジャリ』の英訳をつづけます。六月半ばにロンドンに到着するとハムステッドに住むローセンスタインに会い、その英訳ノートを渡しました。ローセンスタインはそれをアイルランドの詩人イェイツ、オックスフォード大学の英文学教授ブラッドリー、司祭として知られた文筆家ブルックの三人に送ったのです。六月二十七日にローセンスタインの家にてタゴールとイェイツは出会い、七月七日の同家での朗読会ではイェイツがタゴールの詩を朗読して集まった著名人たちに深い感銘を与えたといいます。つづく七月十日に詩人ラビンドラナート・タゴールの歓迎会が、インド協会 India Society 主催でロンドン中心部ピカデリーサーカスのトロカデロにて開催されます。インド協会とは、ロンドンに住むオリエント学者やインド通の美術家らの社交的集まりで、画家ローセンスタインはその創設メンバーの一人でした。この歓迎会に約七十名の著名な作家や詩人、音楽家たちがにぎやかに集い、こうして同年十一月に英語散文詩集『ギーターンジャリ　歌の捧げもの』が初版限定出版されました。

詩人は日本を愛し太平洋を越える時にかならず立ち寄るなど通算五回の来日をしています。どの回も日本発の招待ではありませんでしたが日本訪問を切望したのです。最初の来日は一九一六年で約三カ月滞在しました。そのとき日本女子大学創始者成瀬仁蔵の招きで同大学を訪れ、成瀬講堂で『ギーターンジャリ』数篇を朗読しています。その後、軽井沢での同大学夏期修養会に呼ばれて約一週間を学生らと共に過ごし、毎夕、大樅の樹下にて「瞑想」の連続講義をおこないました。

筆をおくにあたって未知谷の飯島徹さんと伊藤伸恵さんに感謝をささげます。

二〇一九年十月四日

内山眞理子

ギーターンジャリ　ベンガル語本

歌の捧げもの　ギーターンジャリ英訳散文詩集

76		275
77	原語本92	276
78		277
79	原語本24	278
80		279
81		280
82		281
83	原語本10	282
84	原語本25	283
85	原語本123	284
86		285
87		286
88		287
89		288
90	原語本114	289
91	原語本116	290
92		291
93		292
94		293
95		294
96	原語本142	295
97	原語本68	296
98		297
99		298
100	原語本47	299
101	原語本132	300
102		301
103	原語本148	302

ベンガル語原文詩集一五七詩篇のうち五三詩篇が英語散文詩集一〇三詩篇のなかに収録され、残り五〇詩篇はNaivedya（捧げ物）、Kheya（渡し舟）、Gitimalya（歌の花輪）などから択ばれている。このうちGitimalyaはベンガル語詩集『ギーターンジャリ』と同様に詩と歌の詩集で『ギーターンジャリ』出版後の一九一〇年秋に執筆を開始、一九一二年のロンドン滞在中につくられた詩もあり一九一四年初版である。

ラビンドラナート・タゴール

Rabindranath Tagore 1861 ～ 1941

英国統治下のインド・コルカタに生まれる。1913 年、英語散文詩集『ギーターンジャリ 歌の捧げもの』によりノーベル文学賞を受賞。欧州以外で初のノーベル賞受賞であった。神秘的で純粋な詩精神にあふれ、愛と情熱のほとばしる詩や歌を母語ベンガル語で数多くあらわす。80 年余の生涯をつうじてインドは苦難と混沌の時代にあり、人びとが真に自立の精神に覚醒することをねがった。

真実をもとめ理性にもとづいて果敢に行動する詩人であったことは重要である。人間の尊厳への透徹した眼差しをもち、きわめて知的で普遍的なヒューマニストであった。しばしばヒューマニズムの唱道者とも呼ばれる。

第一義的に詩人であり、同時に音楽家であった。ベンガルの村を遍歴するバウルの歌を愛し、歌はベンガルの心を代表すると考えて、その伝承旋律をしばしば自作歌にもちいた。インドとバングラデシュ両国の国歌はタゴールの作詩作曲である。

ベンガル語による詩集に『マノシ（心のひと）』『黄金の小舟』『束の間のもの』『渡し舟』『おさなご』『ギタンジョリ（ギーターンジャリ）』『渡り飛ぶ白鳥』『木の葉の皿』『シャナイ笛』など。小説に『ゴーラ』『家と世界』『最後の詩』『四つの章』ほか。多くの戯曲や舞踊劇があり、二千曲ともいわれる詩人の歌を集めた『歌詞集』がある。

注目すべき英語講演集に『サーダナー（生の実現）』（1912 ～ 13 年米国での講演）と『人間の宗教』（1930 年英国オックスフォード大学での連続講演）がある。

内山眞理子　Uchiyama Mariko

インド西ベンガル州シャンティニケトンにあるタゴールの大学ビッショ・バロティ Visva-Bharati 哲学研究科にてタゴールの思想を学ぶ。ベンガル語からのタゴール作品翻訳書として『もっとほんとうのこと』（段々社）、『ベンガルの苦行者』『お母さま』『わが黄金のベンガルよ』（いずれも未知谷）、英語からの翻訳書に『迷い鳥たち』（未知谷）ほか。著書にベンガルの吟遊詩人バウルを紹介した歌紀行『ベンガル夜想曲（愛の歌のありかへ）』（柘植書房新社）がある。

ギーターンジャリ

2019年11月15日初版印刷
2019年11月25日初版発行

著者　ラビンドラナート・タゴール
訳者　内山眞理子
発行者　飯島徹
発行所　未知谷
東京都千代田区神田猿楽町 2-5-9　〒101-0064
Tel. 03-5281-3751 / Fax. 03-5281-3752
［振替］ 00130-4-653627

組版　柏木薫
印刷所　ディグ
製本所　難波製本

Publisher Michitani Co, Ltd., Tokyo
Printed in Japan
ISBN 978-4-89642-593-2　C0098

ラビンドラナート・タゴール
内山眞理子訳

迷い鳥たち　Stray Birds

1916年、アジア人初のノーベル賞受賞詩人の訪問を日本は熱烈に迎え、横浜・三渓園の窓に訪れた鳥たちに誘われて、詩人は短くも美しい詩を書いた。ささやかでシンプルな珠玉の言葉。インドの詩聖、短詩326篇の新訳。

978-4-89642-242-9　128頁1800円

お母さま

5児を遺して妻が世を去った翌年に、母を亡くした子らのために書かれた詩集『おさなご』と、その続編とも考えられる『童子ボラナート』から、その作品の奥深く、澄んだ泉のように存在する母なるものを主題に編まれた母への讃歌集。

978-4-89642-330-3　160頁2000円

わが黄金のベンガルよ

インドの詩聖と称されるノーベル賞受賞詩人による歌詩集。インドやバングラデシュの国歌となって人々に親しまれている母なる大地への思い、あふれる感謝を歌う。「国は人間が創造したもの、人間の心によってできています…」

978-4-89642-445-4　128頁1800円

未知谷

ラビンドラナート・タゴール
内山眞理子訳

ベンガルの苦行者

ミミ・ラダクリシュナン絵

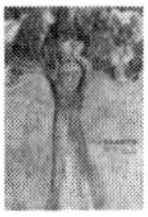

若き苦行者と焚き木ひろいの娘、修行成就の果てに苦行者が求めたのは——詩聖タゴールの寓話詩の新訳とベンガルの女流画家の描き下ろしによるオリジナル絵本。アジア初ノーベル文学賞受賞詩人による透明感溢れる森の物語。

978-4-89642-166-8　A5判総カラー56頁2000円